हितोपदेश
की
लोकप्रिय कहानियाँ

हितोपदेश की लोकप्रिय कहानियाँ

महेश दत्त शर्मा

प्रकाशक

प्रभात प्रकाशन प्रा. लि.

4/19 आसफ अली रोड, नई दिल्ली-110002

फोन : 011-23289777 • हेल्पलाइन नं. : 7827007777

इ-मेल : prabhatbooks@gmail.com ❖ वेब ठिकाना : www.prabhatbooks.com

संस्करण

2026

चित्रांकन

रामेंद्र

पेपरबैक मूल्य

चार सौ रुपए

मुद्रक

नरुला प्रिंटर्स, दिल्ली

———————— ★ ————————

HITOPADESH KI LOKPRIYA KAHANIYAN
stories by Shri Mahesh Dutt Sharma

Published by **PRABHAT PRAKASHAN PVT. LTD.**
4/19 Asaf Ali Road, New Delhi-110002

ISBN 978-93-5266-008-7

₹ 400.00 (PB)

अपनी बात

हितोपदेश की कहानियाँ भारतीय परिवेश को ध्यान में रखकर लिखी गईं उपदेशात्मक कथाएँ हैं, जिसके रचनाकार नारायण पंडित हैं। हितोपदेश की कथाएँ अत्यंत सरल, रोचक, प्रेरक और सुग्राह्य हैं। विभिन्न पशु-पक्षियों पर आधारित तार्किक कहानियाँ इसकी खास विशेषता है, जिनकी समाप्ति किसी शिक्षाप्रद बात से ही हुई है।

हितोपदेश की मूल कथाओं को चार भागों में विभक्त किया गया है—1. मित्र लाभ, 2. सुहृद्भेद, 3. विग्रह और 4. संधि। लेकिन इस पुस्तक में रोचकता को ध्यान में रखते हुए क्रम को यथा आवश्यकतानुसार बदल दिया गया है।

अपनी रचना के कई सौ साल बाद भी इन कथाओं में जरा भी शिथिलता नहीं आई है तो केवल इनमें निहित संदेश के कारण। इनका कथानक पाठकों को अपने आस-पास घटित हुआ जान पड़ता है, यही कारण है कि वे सहज ही इनसे अपने आप को जोड़ लेते हैं। यही इन कथाओं की सबसे बड़ी खूबी है, जिसके कारण ये सदाबहार बनी हुई हैं।

इस पुस्तक में हितोपदेश की मूल लोकप्रिय कहानियों को स्थान दिया गया है। कहानियों को रोचक और पठनीय बनाने के लिए इनके मूल शीर्षक, क्रम, कथानक और विस्तार को यथोचित संपादित कर दिया गया है, लेकिन कथा की मूल भावना को जीवंत रखा गया है, जिससे कि पाठक पारंपरिक आस्वादन पाने से वंचित न हों।

आज भी इस पुस्तक की माँग कम नहीं हुई है। ये सभी आयु वर्ग के पाठकों को उतना ही लुभाती है, जितना अपने आरंभिक काल में लोगों को लुभाती होगी।

एक पठनीय और संग्रहणीय पुस्तक।

—महेश दत्त शर्मा

अनुक्रम

1

झाँसा

ब्रह्मवन में कर्पूरतिलक नामक एक हाथी रहता था। उसे देखकर सब गीदड़ों ने सोचा, 'यदि यह किसी तरह से मारा जाए तो उसके विशाल शरीर से हमारा चार महीने का भोजन चल जाएगा।'

उसमें से एक बूढ़े गीदड़ ने इस बात की प्रतिज्ञा की कि मैं इसे बुद्धि के बल से मार दूँगा। फिर उस धूर्त ने कर्पूरतिलक हाथी के पास जाकर साष्टांग प्रणाम करके कहा, महाराज, कृपा दृष्टि कीजिए।

हाथी ने पूछा, तू कौन है ?

धूर्त गीदड़ ने कहा, सब वन के रहनेवाले पशुओं ने पंचायत करके आपके पास भेजा है कि बिना राजा के यहाँ रहना योग्य नहीं है, इसलिए इस वन के राज्य पर राजा के सब गुणों से शोभायमान होने के कारण आपको ही राजतिलक करने का निश्चय किया है। जो कुलाचार और लोकाचार में निपुण हो तथा प्रतापी, धर्मशील और नीति में कुशल हो, वह पृथ्वी पर राजा होने के योग्य होता है। कहा भी गया है—

पहले राजा को ढूँढ़ना चाहिए, फिर स्त्री और उसके बाद धन को ढूँढ़ें, क्योंकि राजा के नहीं होने से इस दुनिया में कहाँ स्त्री और कहाँ से धन मिल सकता है ?

राजा प्राणियों का मेघ के समान जीवन का सहारा है और मेघ के नहीं

बरसने से तो लोक जीता रहता है, परंतु राजा के न होने से जी नहीं सकता है।

राजा के अधीन ही इस संसार में बहुधा दंड के भय से लोग अपने नियत कार्यों में लगे रहते हैं। इसलिए लग्न की घड़ी टल जाए, उससे पहले आप शीघ्र पधारिए। यह कह गीदड़ उठकर चला गया तो कर्पूरतिलक राज्य के लोभ में फँसकर गीदड़ के पीछे दौड़ता हुआ गहरे कीचड़ में फँस गया।

कीचड़ में फँसे हाथी ने कहा, 'मित्र गीदड़, अब क्या करना चाहिए? कीचड़ में गिरकर मैं मर रहा हूँ। पीछे देखो।'

गीदड़ ने हँसकर कहा, 'महाराज, मेरी पूँछ का सहारा पकड़कर उठो, जैसे मुझ सरीखे की बात पर विश्वास किया, तैसे शरणरहित दुःख का अनुभव करो।

जैसे कि कहा गया है, जब बुरी संगत से बचोगे तब ही जिओगे और जो दुष्टों की संगत में पड़ोगे तो मरोगे।

फिर गहरे कीचड़ में फँसे उस हाथी को गीदड़ों ने खा लिया।

□

2

लोभ का फल

पुराने समय की बात है, एक वृद्ध बाघ स्नान करके घास के तिनकों को हाथ में लिए कह रहा था, हे मार्ग से जानेवाले पथिको! मेरे हाथ में रखे इस सोने के कंगन को ले लो।

यह सुनकर लालच के वशीभूत होकर किसी बटोही ने विचार किया, 'ऐसी वस्तु भाग्य से उपलब्ध होती है, परंतु इसे लेने के लिए बाघ के पास जाना उचित नहीं है, क्योंकि इसमें प्राणों का खतरा है। अनिष्ट स्थान, बाघ इत्यादि से स्वर्ण, कंगन जैसी अभीष्ट वस्तु के लाभ की संभावना होते हुए भी कल्याण होना संभव नहीं है, क्योंकि जिस अमृत में जहर का संपर्क हो, वह अमृत भी मौत का कारण होता है, न कि अमरता का।'

'किंतु धन पैदा करने की सभी क्रियाओं में संदेह की संभावना रहती है। कोई भी व्यक्ति संदेहपूर्ण कार्य में बिना पग बढ़ाए कल्याण के दर्शन में असमर्थ ही रहता है। हाँ, फिर संदहपूर्ण कार्य करने पर यदि वह जीता रहता है तो कल्याण का दर्शन करता है।'

'इस कारण सर्वप्रथम मैं इसके वाक्य के तथ्य सत्य, अतथ्य असत्य का परीक्षण करता हूँ। वह उच्च स्वर में बोला है, 'कहाँ है तुम्हारा कंगन?'

बाघ ने हाथ फैलाकर दिखाया। पथिक बोला, 'मारनेवाले तुम पर कैसे विश्वास किया जाए?'

'मुझे जरा भी लोभ नहीं है, तभी तो मैं अपने हाथ में रखे हुए स्वर्ण कंगन को किसी रास्ते चलते अपरिचित व्यक्ति को दे देना चाहता हूँ। परंतु बाघ मनुष्य का भक्षक है, इस लोकापवाद को हटाया नहीं जा सकता।'

'अंध परंपरा पर चलनेवाला लोक धर्म के विषय में गौवध करनेवाले ब्राह्मण को जैसे प्रमाण मानता है, वैसे उपदेश देनेवाली डायन को प्रमाणता से स्वीकार नहीं करता। अर्थात् संसार डायन के वाक्य को धर्म के विषय में प्रमाण नहीं मानता।'

'प्राण जैसे अपने लिए प्रिय हैं, उसी तरह अन्य प्राणियों को भी अपने प्राण प्रिय होंगे। इस कारण से सज्जन जीव मात्र पर दया करते हैं।'

'निषेध में तथा दान में, सुख अथवा दुःख में, प्रिय एवं अप्रिय में सज्जन पुरुष अपनी तुलना से अनुभव करता है अर्थात् मुझे किसी ने कुछ दिया तो हर्ष होता है, यदि अनादर किया तो दुःख होता है। इस तरह मैं भी किसी को कुछ दूँगा तो हर्ष होगा, निषेध करूँगा तो दुःख होगा।'

कहा गया है—

जो पुरुष दूसरे की स्त्रियों को अपनी माता की तरह एवं अन्य के धन को मिट्टी के ढेले के समान तथा प्राणिमात्र को अपने समान देखता है, वह पंडित है अर्थात् सत-असत के विवेक करनेवाली बुद्धि वाला है।

और चंद्रमा जो आकाश में विचरता है, अंधकार दूर करता है, सहस्त्र किरणों को धारण करता है और नक्षत्रों के बीच में चलता, उस चंद्रमा को भी भाग्य से राहु ग्रस्त होता है, इसलिए जो कुछ भाग्य में विधाता ने लिख दिया है, उसे कौन मिटा सकता है।

यह बात वह सोच ही रहा था, जब उसको बाघ ने मार डाला और खा गया। इसीलिए कहा गया है कि लोभ में बिना विचारे काम कभी नहीं करना चाहिए।

□

3

परख

गोदावरी नदी के तट पर एक बड़ा सैमर का पेड़ था। वहाँ अनेक दिशाओं से आकर रात में पक्षी बसेरा करते थे। एक दिन जब थोड़ी रात रह गई ओर भगवान् कुमुदिनी के नायक चंद्रमा ने अस्ताचल की चोटी की शरण ली, तब लघुपतनक नामक कौआ जागा और सामने से यमराज के समान एक शिकारी को आते हुए देखा। उसको देखकर सोचने लगा कि आज प्रात:काल ही बुरे का मुख देखा है। पता नहीं दिन कैसा बीतेगा? लेकिन कहा गया है—

हजारों शोक की और सैकड़ों भय की बातें मूर्ख पुरुष को दिन-पर-दिन दु:ख देती है और बुद्धिमान को नहीं।

फिर उस व्याध ने चावल की कनकी को बिखेरकर जाल फैलाया और खुद वहाँ छुपकर बैठ गया। उसी समय परिवार सहित आकाश में उड़ते हुए चित्रग्रीव नामक कबूतरों के राजा ने चावल की कनकी को देखा, फिर कपोतराज चावल के लोभी कबूतरों से बोला, 'इस निर्जन वन में चावल की कनकी कहाँ से आई? पहले इसका निश्चय करो। मैं इसको कल्याणकारी नहीं देखता हूँ। अवश्य इन चावल की कनकी के लोभ से हमारी बुरी गति हो सकती है, क्योंकि कहा गया है—

अच्छी रीति से पका हुआ भोजन, विद्यावान पुत्र, सुशिक्षित अर्थात्

आज्ञाकारिणी स्त्री, अच्छे प्रकार से सेवा किया हुआ राजा, सोचकर कहा हुआ वचन और विचार कर किया हुआ काम, यह बहुत काल तक भी नहीं बिछड़ते हैं।

यह सुनकर एक कबूतर घमंड से बोला, 'तुम क्या कहते हो?'

जब आपत्तिकाल आए, तब वृद्धों की बात माननी चाहिए, परंतु सब जगह मानने से तो भोजन भी न मिले।

ईर्ष्या करनेवाला, घृणा करनेवाला, असंतोषी, क्रोधी, सदा संदेह करनेवाला और पराए आसरे जीनेवाला; यह छह प्रकार के मनुष्य हमेशा दुःखी होते हैं।

यह सुनकर भी सब कबूतर चावल के कण जहाँ शिकारी ने छींटे थे, वहाँ बैठ गए।

क्योंकि कहते हैं कि अच्छे बड़े-बड़े शास्त्रों को पढ़ने तथा सुननेवाले और संदेहों को दूर करनेवाले भी लोभ के वश में पड़कर दुःख भोगते हैं।

लोभ से क्रोध उत्पन्न होता है, लोभ से विषय भोग की इच्छा होती है और लोभ से मोह और नाश होता है, इसलिए लोभ ही पाप की जड़ है।

सोने के मृग का होना असंभव है, तब भी रामचंद्रजी सोने के मृग के पीछे लुभा गए, इसलिए विपत्तिकाल आने पर महापुरुषों की बुद्धियाँ भी बहुधा मलिन हो जाती हैं।

दाना पाने के लालच से उतरे सब कबूतर जाल में फँस गए और फिर जिसके वचन से वहाँ उतरे थे, उसका तिरस्कार करने लगे।

समूह के आगे मुखिया होकर नहीं जाना चाहिए, क्योंकि यदि काम सिद्ध हो गया तो फल सबों को बराबर प्राप्त होगा, और अगर काम बिगड़ गया तो मुखिया ही मारा जाएगा। सबको उसकी निंदा करते देख चित्रग्रीव बोला, 'इसका कुछ दोष नहीं है।'

हितकारक पदार्थ भी आनेवाली आपत्तियों के कारण हो जाते हैं, जैसे गौदोहन के समय माता की जाँघ ही बछड़े के बाँधने का खूँटा हो जाती है।

बंधु वह है, जो आपत्ति में पड़े हुए मनुष्यों को निकालने में समर्थ हो

और जो दुखियों की रक्षा करने के उपाय बताने की बजाय उलाहना देने में चतुराई समझे, वह बंधु नहीं है।

आपत्ति से घबरा जाना तो कायर पुरुष का चिह्न है, इसलिए इस काम में धीरज धर कर उपाय सोचना चाहिए।

आपदा में धीरज, बढ़ती में क्षमा, सभा में वाणी की चतुरता, युद्ध में पराक्रम, यश में रुचि और शास्त्र में अनुराग—ये बातें महात्माओं में स्वभाव से ही होती हैं।

जिसे संपत्ति में हर्ष और आपत्ति में खेद न हो और संग्राम में धीरता हो, ऐसा तीनों लोक में तिलक का जन्म विरला होता है और उसको विरली माता ही जनती है।

इस संसार में अपना कल्याण चाहने वाले पुरुष को निद्रा, तंद्रा, भय, क्रोध, आलस्य और दीर्घसूत्रता—ये छह अवगुण छोड़ देने चाहिए। अब भी ऐसा करो, सब एक मत होकर जाल को ले उड़ो।

छोटी-छोटी वस्तुओं के समूह से भी कार्य सिद्ध हो जाता है, जैसे घास की बटी हुई रस्सियों से मतवाले हाथी भी बाँधे जाते हैं।

अपने कुल के थोड़े मनुष्यों का समूह भी कल्याण करनेवाला होता है, क्योंकि तूस (छिलके) से अलग हुए चावल फिर नहीं उगते हैं।

यह सोचकर सब कबूतर जाल को लेकर उड़े और वह शिकारी जाल को लेकर उड़नेवाले कबूतरों को दूर से देखकर पीछे दौड़ता हुआ सोचने लगा, ये पक्षी मिलकर मेरे जाल को लेकर उड़ रहे हैं, परंतु जब ये गिरेंगे तब मेरे वश में हो जाएँगे। फिर जब वे पक्षी आँखों से ओझल हो गए तो शिकारी लौट गया।

जब कबूतर ने देखा कि लोभी शिकारी लौट रहा है तो कबूतर ने कहा कि अब क्या करना चाहिए।

माता, पिता और मित्र यह तीनों स्वभाव से हितकारी होते हैं, जबकि दूसरे लोग कार्य और किसी कारण से हित की इच्छा करनेवाले होते हैं।

इसलिए मेरा मित्र हिरण्यक नामक चूहों का राजा गंडकी नदी के तट पर चित्रवन में रहता है, वह हमारे फंदों को काटेगा। यह विचार कर सब

हिरण्यक के बिल के पास गए। हिरण्यक सदा आपत्ति आने की आशंका से अपना बिल सौ द्वार का बनाकर रहता था। फिर हिरण्यक कबूतरों के उतरने की आहट से डरकर चुपके से बैठ गया।

चित्रग्रीव बोला, 'हे मित्र हिरण्यक, हमसे क्यों नहीं बोलते हो?'

फिर हिरण्यक उसकी बोली पहचानकर शीघ्रता से बाहर निकलकर बोला, 'अहा! मैं पुण्यवान हूँ कि मेरा प्यारा मित्र चित्रग्रीव आया है।'

जिसकी मित्र के साथ बोल-चाल है, जिसका मित्र के साथ रहना-सहना हो और जिसकी मित्र के साथ गुप्त बातचीत हो, उसके समान कोई इस संसार में पुण्यवान नहीं है।

अपने मित्र को जाल में फँसा देखकर आश्चर्य से क्षण भर ठहरकर बोला, 'मित्र, यह क्या है?'

चित्रग्रीव बोला, 'मित्र, यह हमारे पूर्वजन्म के कर्मों का फल है।'

जिस कारण से, जिसके करने से, जिस प्रकार से, जिस समय में, जिस काल तक और जिस स्थान में जो कुछ भला और बुरा अपना कर्म है, उसी कारण से, उसी के द्वारा, उसी प्रकार से, उसी समय में, वही कर्म, उसी काल तक, उसी स्थान में, भाग्य के वश से पाता है।

रोग, शोक, पछतावा, बंधन और आपत्ति यह प्राणियों के लिए अपने अपराधरूपी वृक्ष के फल हैं।

यह सुनकर हिरण्यक चित्रग्रीव के बंधन काटने के लिए शीघ्र पास आया। चित्रग्रीव बोला, 'मित्र, ऐसा मत करो, पहले मेरे उन आश्रितों के बंधन काटो, मेरा बंधन बाद में काटना।'

हिरण्यक ने भी कहा, 'मित्र, मैं निर्बल हूँ और मेरे दाँत भी कोमल हैं, इसलिए इन सबका बंधन काटने के लिए कैसे समर्थ हूँ? इसलिए जब तक मेरे दाँत नहीं टूटेंगे, तब तक तुम्हारा फंदा काटता हूँ। बाद में इनके भी बंधन जहाँ तक कट सकेंगे, तब तक काटूँगा।'

चित्रग्रीव बोला, 'यह ठीक है, तो भी यथाशक्ति पहले इनके काटो।'

हिरण्यक ने कहा, 'अपने को छोड़कर अपने आश्रितों की रक्षा करना, यह

नीति जाननेवालों के योग्य नहीं है, क्योंकि मनुष्य को आपत्ति के लिए धन की, धन देकर स्त्री की और धन और स्त्री देकर अपनी रक्षा सर्वदा करनी चाहिए।'

दूसरे धर्म, अर्थ, काम और मोक्ष इन चारों की रक्षा के लिए प्राण कारण हैं, इसलिए जिसने इन प्राणों का घात किया, उसने क्या घात नहीं किया? अर्थात् सबकुछ घात किया और जिसने प्राणों का रक्षण किया, उसने क्या रक्षण न किया? अर्थात् सबका रक्षण किया।

चित्रग्रीव बोला, 'मित्र, नीति तो ऐसी ही है, परंतु मैं अपने आश्रितों का दु:ख सहने को सब प्रकार से असमर्थ हूँ।'

बुद्धिमान को पराए उपकार के लिए अपना धन और प्राणों को भी छोड़ देना चाहिए, क्योंकि विनाश तो अवश्य होगा, इसलिए अच्छे पुरुषों के लिए प्राण त्यागना अच्छा है।

दूसरा यह भी एक विशेष कारण है कि इन कबूतरों का और मेरा जाति, द्रव्य और बल समान है, तो मेरी प्रभुता का फल कहो, जो अब न होगा तो किस काल में और क्या होगा?

आजीविका के बिना भी ये मेरा साथ नहीं छोड़ते हैं, इसलिए प्राणों के बदले भी इन मेरे आश्रितों को जीवनदान दो।

हे मित्र, मांस, मल, मूत्र तथा हड्डी से बने हुए, इस विनाशी शरीर में आस्था को छोड़कर मेरे यश को बढ़ाओ। जो अनित्य और मल-मूत्र से भरे हुए शरीर से निर्मल और नित्य यश मिले तो क्या नहीं मिला? अर्थात् सबकुछ मिला।

शरीर और दयादि गुणों में बड़ा अंतर है। शरीर तो क्षणभंगुर है और गुण कल्प के अंत तक रहनेवाले हैं।

यह सुनकर हिरण्यक प्रसन्नचित्त तथा पुलकित होकर बोला, 'धन्य है, मित्र, धन्य है। इन आश्रितों पर दया विचारने से तो तुम तीनों लोक की ही प्रभुता के योग्य हो। ऐसा कहकर उसने सब बंधन काट डाले। बाद में हिरण्यक सबका आदर-सत्कार कर बोला, 'मित्र चित्रग्रीव, जो पक्षी सैकड़ों योजन से भी अधिक दूर से अन्न के दाने को या मांस को देखता है, वही बुरा समय

आने पर जाल की बड़ी गाँठ नहीं देखता है।

चंद्रमा तथा सूर्य को ग्रहण की पीड़ा, हाथी और सर्प का बंधन और पंडित की दरिद्रता देखकर मेरी तो समझ में यह आता है कि भाग्य ही बलवान है और आकाश के एकांत स्थान में विहार करनेवाले पक्षी भी विपत्ति में पड़ जाते हैं। चतुर धीवर मछलियों को अथाह समुद्र में भी पकड़ लेते हैं। इस संसार में दुर्नीति क्या है और सुनीति क्या है और विपत्तिरहित स्थान के लाभ में क्या गुण है ? अर्थात् कुछ नहीं है, क्योंकि काल आपत्तिरूप अपने हाथ फैलाकर बैठा है और कुछ समय आने पर दूर ही से ग्रहण कर झपट लेता है।

यों समझाकर और अतिथि सत्कार कर तथा मिल–भेंटकर उसने चित्रग्रीव को विदा किया और वह अपने परिवार समेत अपने देश को गया। हिरण्यक भी अपने बिल में घुस गया।

इसके बाद लघुपतनक नामक कौवा सब वृत्तांत को जानकर आश्चर्य से बोला, 'हे हिरण्यक, तुम प्रशंसा के योग्य हो, इसलिए कृपा करके मुझसे भी मित्रता कर लो।'

यह सुन कर हिरण्यक भी बिल के भीतर से बोला, 'तू कौन है ?'

वह बोला, 'मैं लघुपतनक नामक कौवा हूँ।' हिरण्यक हँसकर कहने लगा, 'तेरे संग कैसी मित्रता, क्योंकि बुद्धिमान को चाहिए कि जो वस्तु संसार में जिस वस्तु के योग्य हो, उसका उससे मेल आपस में कर दें, मैं तो अन्न हूँ और तुम खाने वाले हो, इसलिए भक्ष्य और भक्षक की प्रीति कैसी होगी ?'

कौवा बोला, 'तुझे खा लेने से भी तो मेरा आहार बहुत नहीं होगा, मैं निष्कपट चित्रग्रीव के समान तेरे जीने से जीता रहूँगा।'

चाहे जैसे क्रोध में क्यों न हो। सज्जन का स्वभाव कभी डाँवाँडोल न होगा, जैसे जलते हुए तिनकों की आँच से समुद्र का जल कौन गरम कर सकता है ?

हिरण्यक ने कहा, 'तू चंचल है, ऐसे चंचल के साथ स्नेह कभी नहीं करना चाहिए। दूसरा तुम मेरे वैरियों के पक्ष के हो।'

और यह कहा गया है कि वैरी चाहे जितना मीठा बनकर मेल करे,

परंतु उसके साथ मेल न करना चाहिए, क्योंकि पानी चाहे, जितना भी गरम हो आग को बुझा ही देता है।

दुर्जन विद्यावान भी हो, परंतु उसे छोड़ देना चाहिए, क्योंकि रत्न से शोभायमान सर्प क्या भयंकर नहीं होता है?

जो बात नहीं हो सकती, वह कदापि नहीं हो सकती और जो हो सकती है, वह हो ही सकती है, जैसे पानी पर गाड़ी नहीं चलती और जमीन पर नाव नहीं चल सकती।

लघुपतनक कौवा बोला, 'मैंने सब सुन लिया, तो भी मेरा इतना संकल्प है कि तुम्हारे संग मित्रता अवश्य करनी चाहिए, नहीं तो भूखा मर जाऊँगा।

दुर्जनों के मन में कुछ, वचन में और काम में कुछ और सज्जनों के जी में, वचन में और काम में एक बात होती है।

इसलिए तेरा भी मनोरथ हो। यह कहकर हिरण्यक मित्रता करके विविध प्रकार के भोजन से कौवे को संतुष्ट करके बिल में घुस गया और कौवा भी अपने स्थान को चला गया। उस दिन से उन दोनों का आपस में भोजन के देने-लेने से, कुशल पूछने से और विश्वासयुक्त बातचीत से समय कटने लगा।

एक दिन लघुपतनक ने हिरण्यक से कहा, 'मित्र, इस स्थान पर बड़ी मुश्किल से भोजन मिलता है, इसलिए इस स्थान को छोड़कर दूसरे स्थान पर जाना चाहता हूँ।

हिरण्यक ने पूछा, 'मित्र, कहाँ जाओगे?'

बुद्धिमान एक पैर से चलता है और दूसरे से ठहरता है। इसलिए दूसरा स्थान निश्चत किए बिना पहला स्थान नहीं छोड़ना चाहिए।

कौवा बोला, 'एक अच्छी तरह देखा-भाला स्थान है।'

हिरण्यक बोला, 'कौन सा है?'

कौआ बोला, 'दंडकवन में कर्पूरगौर नाम का एक सरोवर है, उसमें मंथर नामक एक धर्मशील कछुआ मेरा बहुत पुराना और प्यारा मित्र रहता है। वह विविध प्रकार के भोजन से मेरा सत्कार करेगा, क्योंकि जिस देश में न सम्मान, न जीविका का साधन, न भाई या संबंधी और कुछ विद्या का भी लाभ न हो,

उस देश को छोड़ देना चाहिए। अर्थात् दूसरे शब्दों में जीविका, अभय, लज्जा, सज्जनता और उदारता ये पाँचों बातें, जहाँ न हों, वहाँ नहीं रहना चाहिए।

साथ ही जहाँ शरण देनेवाला वैद्य, वेदपाठी और सुंदर जल से भरी नदी, ये चारों न हों, वहाँ नहीं रहना चाहिए। इसलिए मुझे भी वहाँ ले चलो। बाद में कौवा उस मित्र के साथ अच्छी-अच्छी बातें करता हुआ बेखटके उस सरोवर के पास पहुँचा।

मंथर ने दूर से देखते ही लघुपतनक का यथोचित अतिथि-सत्कार करके चूहे का भी अतिथि सत्कार किया।

क्योंकि बालक, बूढ़ा और युवा इनमें से घर पर कोई आया हो, उसका आदर सत्कार करना चाहिए, क्योंकि अभ्यागत सब वर्णों का पूज्य है। ब्राह्मणों को अग्नि, चारों वर्णों को ब्राह्मण, स्त्रियों को पति और सबको अभ्यागत सर्वदा पूजनीय है।

कौवा बोला, 'मित्र मंथर, इसका अधिक सत्कार करो, क्योंकि यह पुण्यात्माओं का मुखिया और करुणा का समुद्र हिरण्यक नामक चूहों का राजा है। इसके गुणों की बड़ाई दो हजार जीभों से शेषनाग भी कभी नहीं कर सकता है। यह कहकर चित्रग्रीव का वृत्तांत कह सुनाया।

मंथर बड़े आदर से हिरण्यक का सत्कार करके पूछने लगा, 'हे मित्र, इस निर्जन वन में अपने आने का कारण बताओ।'

विपत्तियों के आ जाने पर निर्णय करके काम करना ही चतुराई है, क्योंकि बिना विचारे काम करनेवालों के पग-पग में विपत्तियाँ हैं। कुल की मर्यादा के लिए एक हो, गाँव भर के लिए कुल को, देश के लिए गाँव को और अपने लिए पृथ्वी को छोड़ देना चाहिए। अनायास मिला हुआ जल और भय से मिला मीठा भोजन उन दोनों में विचार कर देखता हूँ तो जिसमें चित्त बेखटक रहे उसी में सुख है या पराधीन भोजने से स्वाधीन जल का मिलना उत्तम है। यह विचार कर मैं निर्जन वन में आया हूँ।

सिंह और हाथियों से भरे हुए वन के नीचे रहना, पके हुए कंद-मूल फल खाकर जल-पान करना तथा घास के बिछौने पर सोना और छाल के

वस्त्र पहनना अच्छा है, पर भाई–बंधुओं के बीच धनहीन जीना अच्छा नहीं है।

फिर मेरे पुण्य से उदय के इस मित्र ने परम स्नेह से मेरा आदर किया और अब पुण्य की रीति से तुम्हारा आश्रय मुझे स्वर्ग के समान मिल गया।

मंथर बोला, 'धन तो चरणों की धूलि के समान है, यौवन पहाड़ की नदी के वेग के समान है, आयु चंचल जल की बिंदु के समान चपल है और जीवन झाग के समान है, इसलिए जो निर्बुद्धि स्वर्ग के द्वार को खोलने वाले धर्म को नहीं करता है, वह पीछे बुढ़ापे में पछताकर शोक की अग्नि में जलाया जाता है।

गंभीर सरोवर में भरे हुए जल को बार–बार निकाल देना जैसे सरोवर की शुद्धि का कारण है, उसी के समान कमाए हुए धन का सत्पात्र में दान करना ही रक्षा है।

लोभी जिस धन को धरती में अधिक नीचे गाड़ता है, वह धन पाताल में जाने के लिए पहले से ही मार्ग बना लेता है। जो मनुष्य अपने सुख को रोककर धनसंचय करने की इच्छा करता है, वह दूसरों के लिए बोझ ढोनेवाले मजदूर के समान क्लेश ही भोगने वाला है।

दान और उपभोगहीन धन से जो धनी होते हैं, तो क्या उसी धन से हम धनी नहीं हैं? अर्थात् अवश्य हैं।

जो मनुष्य धन को देवता के, ब्राह्मण के तथा भाई–बंधु के काम में नहीं लाता है, उसका धन या तो जल जाता है या चोर चुरा ले जाते हैं अथवा राजा छीन लेता है।

प्रिय वाणी के सहित दान, अहंकाररहित ज्ञान, क्षमायुक्त शूरता और दानयुक्त धन, ये चार बातें दुनिया में दुर्लभ है और संचय नित्य करना चाहिए, पर अति संचय करना योग्य नहीं है।

महात्माओं का स्नेह मरने तक, क्रोध केवल क्षणमात्र और परित्याग केवल संगरहित होता है अर्थात् वे कुछ बुराई नहीं करते हैं।

यह सुनकर लघुपतनक बोला, 'हे मंथर, तुम धन्य हो और तुम प्रशंसनीय गुणवाले हो।'

सज्जन ही सज्जनों की आपत्ति को सर्वदा दूर करने के योग्य होते हैं। जैसे कीचड़ में फँसे हाथियों को निकालने के लिए हाथी ही समर्थ होते हैं।

तब वे इस प्रकार अपनी इच्छानुसार खाते–पीते, खेलते–कूदते संतोष कर सुख से रहने लगे।

एक दिन चित्रांग नामक मृग किसी के डर के मारे उनसे आकर मिला। मृग को आते देख भय से मंथर तो पानी में घुस गया, चूहा बिल में चला गया और कौआ भी उड़कर पेड़ पर बैठ गया। फिर लघुपतनक ने निर्णय किया कि भय का कोई भी कारण नहीं है, यह सोचकर बाद में सब मिलकर वहीं बैठ गए।

मंथर ने कहा, 'कुशल हो ? हे मृग, तुम्हारा आना अच्छा हुआ। अपनी इच्छानुसार जल आहार आदि भोग करो अर्थात् खाओ–पीओ और यहाँ रहकर इस वन को सनाथ करो।'

चित्रांग बोला, 'शिकारी के डर से मैं तुम्हारी शरण में आया हूँ और तुम्हारे साथ मित्रता करना चाहता हूँ।'

हिरण्य बोला, 'मित्रता तो हमारे साथ तुम्हारी अनायास हो गई है, क्योंकि मित्र चार प्रकार के होते हैं, एक तो वे जिनका जन्म से ही नाता हो, जैसे पुत्रादि, दूसरे विवाहादि संबंध से हो गए हों, तीसरे कुल परंपरा से आए हुए हों तथा चौथे वे जो आपत्तियों से बचाएँ।'

इसलिए यहाँ तुम अपने घर से भी अधिक आनंद से रहो। यह सुनकर मृग प्रसन्न हो अपनी इच्छानुसार भोजन करके तथा जल पीकर वृक्ष की छाया में बैठ गया। मंथर ने कहा, 'हे मित्र मृग, इस निर्जन वन में तुम्हें किसने डराया है, क्या कभी–कभी शिकारी आ जाते हैं ?'

मृग ने कहा, 'कलिंग देश में रुक्मांगद नामक राजा है और वह दिग्विजिय करने के लिए चंद्रभागा नदी के तट पर अपनी सेना को टिकाकर ठहरा है। और प्रातःकाल वह यहाँ आकर कर्पूर सरोवर के पास ठहरेगा, यह उड़ती हुई बात शिकारियों के मुख से सुनी गई है। इसलिए प्रातःकाल यहाँ रहना भी भय का कारण है। यह सोचकर समय के अनुसार काम करना चाहिए।'

यह सुनकर कछुआ डर कर बोला, 'मैं तो दूसरे सरोवर को जाता हूँ।'

काग और मृग ने भी कहा, 'ऐसा ही हो अर्थात् चलो।'

फिर हिरण्यक हँसकर बोला, 'दूसरे सरोवर तक पहुँचने पर मंथर जीता बचेगा? क्योंकि जल के जंतुओं को जल का, गढ़ में रहनेवालों को गढ़ का, सिंहादि वनचरों को अपनी भूमि का और राजाओं को अपने मंत्री का परम बल होता है।'

उसके हितकारक वचनों को न मानकर बड़े भय से मूर्ख की भाँति वह मंथर उस सरोवर को छोड़कर चला। वे हिरण्यक आदि भी स्नेह से विपत्ति की शंका करते हुए मंथर के पीछे-पीछे चले।

मंथर को वन में घूमते हुए किसी शिकारी ने देख लिया। उसने कछुए को अपने धनुष में बाँध लिया और भूख व प्यास से व्याकुल, अपने घर की ओर चल पड़ा। पीछे मृग, कौआ और चूहा दुःखी मन से उसके पीछे-पीछे चल पड़े।

हिरण्यक विलाप करने लगा, 'समुद्र के पार के समान निःसीमा एक दुःख के पार, जब तक मैं नहीं जाता हूँ, तब तक मेरे लिए दूसरा दुःख आकर उपस्थित हो जाता है, क्योंकि अनर्थ के साथ बहुत से अनर्थ आ पड़ते हैं।'

स्वभाव से स्नेह करनेवाला मित्र तो भाग्य से ही मिलता है कि जो सच्ची मित्रता को विपत्तियों में भी नहीं छोड़ता है।

न माता, न स्त्री में, न सगे भाई में, न पुत्र में ऐसा विश्वास होता है कि जैसा स्वाभाविक मित्र में होता है।

इस संसार में अपने पाप-पुण्यों से किए गए और समय के उलट-पलट से बदलने वाले सुख-दुःख, पूर्व जन्म के किए हुए पाप-पुण्यों के फल मैंने यहाँ देख लिये।

अथवा यह ऐसे ही है—शरीर के पास ही उसका नाश है और संपत्तियों आपत्तियों का मुख्य स्थान है और संयोग के साथ वियोग है अर्थात् अस्थिर है और उत्पन्न हुआ, सब नाश होनेवाला है।

और विचारकर बोला, 'शोक और शत्रु के भय से बचाने वाला तथा

प्रीति और विश्वास का पात्र, यह दो अक्षर का मित्ररूपी रत्न किसने रचा है?'

और अंजन के समान नेत्रों को प्रसन्न करनेवाला, चित्त को आनंद देने वाला और मित्र के साथ सुख-दुःख में साथ देने वाला अर्थात् दुःख में दुःखी, सुख में सुखी हो; ऐसा मित्र होना दुर्लभ है और संपत्ति के समय में धन हरने वाले मित्र हर जगह मिलते हैं। परंतु विपत्काल ही उनके परखने की कसौटी है।

इस प्रकार दुःख व्यक्त करते हुए हिरण्य ने चित्रांग और लघुपतनक से कहा, 'जब तक यह व्याध वन से न निकल जाए, तब तक मंथर को छुड़ाने का यत्न करो।'

वे दोनों बोले, 'शीघ्र बताओ क्या करना है?'

हिरण्यक बोला, 'चित्रांग जल के पास जाकर मरे के समान अपना शरीर दिखावे और काक उस पर बैठकर चोंच से कुछ-कुछ खोदे। यह व्याध कछुए को अवश्य वहाँ छोड़कर मृग मांस के लोभ से शीघ्र जाएगा। फिर मैं मंथर के बंधन काट डालूँगा। और जब व्याध तुम्हारे पास आवे तब भाग जाना।'

चित्रांग और लघुपतनक ने वैसा ही किया। व्याध छुरी लेकर आनंदित होता हुआ मृग के पास जाने लगा। इतने ही में हिरण्यक ने आकर कछुए के बंधन काट डाले। कछुआ शीघ्र सरोवर में घुस गया। मृग व्याध को पास आते देख उठकर भाग गया। जब व्याध लौटकर पेड़ के नीचे आया, तब कछुए को न देखकर सोचने लगा, मेरे समान बिना विचार करनेवाले के लिए यही उचित था।

जो निश्चित को छोड़कर अनिश्चित पदार्थ का आसरा करता है, उसके निश्चित पदार्थ नष्ट हो जाते हैं और अनिश्चित भी जाता रहता है।

फिर वह अपने भाग्य को कोसता हुआ, निराश होकर अपने घर लौट गया। मंथर आदि भी सब आपत्ति से निकल अपने-अपने स्थान पर जाकर सुख से रहने लगे।

□

4

घोड़ा गुलाम

किसी जंगल में एक घोड़ा रहता था। जहाँ पर घोड़ा रहता था, वहाँ बहुत सारी हरी-हरी घास उगी हुई थी। यह घास बहुत स्वादिष्ट और रसीली थी। घोड़ा यह घास बहुत चाव से खाता था। घोड़े की जिंदगी आराम से बीत रही थी। एक दिन वहाँ एक हाथी घूमता हुआ आ गया। हाथी को कोमल घास में चलने में बहुत मजा आ रहा था। उसी घास में वह लोटनी खाने लगा।

हरी घास को टूटता देख घोड़ा बहुत दुःखी हुआ। हाथी को वह जगह बेहद पसंद आ गई। वह कहीं जाने का नाम ही नहीं ले रहा था। घोड़ा सोचता रहता कि हाथी को वहाँ से कैसे भगाया जाए।

हाथी का सबसे बड़ा शत्रु है शेर। शेर की ही मदद ली जाए तो? पर कहीं वह शेर मुझे ही खा गया तो? उसके बदले आदमी की सहायता ली जाए तो कैसा रहेगा। ऐसा सोचकर घोड़ा एक आदमी के पास गया। उसने सारी बात बताई कि कैसे हाथी हरी-हरी घास को खराब कर रहा है।

आदमी ने कहा, 'सिर्फ हाथी को मारना है। तुम्हारा यह काम मैं कर दूँगा, पर इसके लिए तुम्हें मेरी मदद करनी होगी। अगर हाथी अपनी जान बचाने के लिए भागा तो मुझे उसका पीछा करना पड़ेगा। उसके लिए मुझे तुम्हारी पीठ पर बैठकर दौड़ना पड़ेगा।'

घोड़ा उत्साह में बोला, 'अगर हाथी मरता है तो जो तुम कहोगे मैं करने को तैयार हूँ।'

आदमी ने सवारी करने के लिए घोड़े की पीठ पर जीन बाँधी और मुँह में लगाम डाल दी। फिर उसने अपने धनुष-बाण लिये और घोड़े पर सवार हो गया। घोड़े को टक-टक करके भगाया। आदमी को घोड़े की पीठ पर बैठकर दौड़ना बहुत अच्छा लगा। कुछ ही देर में वे दोनों हाथी के पास पहुँच गए।

हाथी आँखें फाड़-फाड़कर देखने लगा कि घोड़े की पीठ पर यह नया प्राणी कौन है। इतने में आदमी ने हाथी पर निशाना लगाकर जहरीले बाण चलाने शुरू कर दिए। बाण लगते ही हाथी यहाँ-वहाँ भागने लगा। आखिरकार वह गिर पड़ा। जहर के कारण हाथी को अपनी जान गँवानी पड़ी।

घोड़े ने आदमी से कहा, 'मैं तुम्हारा धन्यवाद अदा करता हूँ। अब तुम नीचे उतरो और यह जीन और लगाम उतार लो। अब मुझे मुक्त कर दो।'

यह सुनकर आदमी जोर-जोर से हँसने लगा, फिर घोड़े से कहा, 'मुक्त होने की आशा तुम हमेशा के लिए छोड़ दो। उसी में तुम्हारी भलाई है।' उस दिन से घोड़ा आदमी का गुलाम बन गया।

□

5

हार

बहुत समय पहले की बात है। एक शहर में एक दयालु राजा रहता था। उसके यहाँ रोज दो भिखारी भीख माँगने आया करते थे। उनमें एक भिखारी युवा था और दूसरा बूढ़ा। राजा उनको रोज रोटी और पैसा दिया करता था।

भीख लेने के बाद बूढ़ा भिखारी कहता था, 'ईश्वर देता है।' युवा भिखारी कहता था, 'हमारे महाराज की देन है।'

एक दिन राजा ने उन्हें आम दिनों से ज्यादा धन दिया। युवा भिखारी ने कहा, 'हमारे महाराज की देन है।' बूढ़े भिखारी ने कहा, 'ईश्वर की देन है।' यह सुनकर राजा को बहुत गुस्सा आया। उसने सोचा इसका भरण-पोषण तो मैं करता हूँ और यह भिखारी कहता है कि ईश्वर की देन है।

राजा ने युवा भिखारी की और सहायता करने की सोची और अगले दिन उसने कहा, 'आज तुम इस नए रास्ते से जाओगे, लेकिन पहले युवा भिखारी जाएगा, बाद में बूढ़ा भिखारी।' यह कहते हुए राजा ने नए रास्ते में सोने से भरी एक थैली रखवा दी, ताकि वह युवा भिखारी को मिल सके।

जब युवा भिखारी इस नए रास्ते से गुजरा तो उसने देखा कि यह रास्ता काफी चौड़ा और समतल है। उसने सोचा इस रास्ते पर मैं आँखें बंद करके चल सकता हूँ। जहाँ पर राजा ने सोने की थैली रखी थी, युवा भिखारी वहाँ

से आँखें बंद करके आगे निकल गया और सोने की थैली वहीं रह गई। कुछ देर बाद जब बूढ़ा भिखारी पीछे से गया तो उसे वह थैली मिल गई। उसने उठाई और भगवान् का धन्यवाद किया।

अगले दिन जब भिखारी, फिर राजा के पास आए तो राजा ने युवा भिखारी से पूछा, 'तुम्हें नए रास्ते पर कुछ मिला कि नहीं ?'

युवा भिखारी ने कहा, 'रास्ता तो बहुत अच्छा था, पर मुझे वहाँ कुछ नहीं मिला।'

बूढ़े भखारी ने कहा, 'मुझे सोने से भरी एक थैली मिली, जो ईश्वर की देन थी।'

राजा ने अब निश्चय कर लिया कि वह बूढ़े भिखारी को ये दिखाकर रहेगा कि वही उसका असली पालनकर्ता है। जैसे ही दोनों भिखारी जाने लगे, राजा ने युवा भिखारी को बुलाकर उसे एक कद्दू दिया, जो सोने-चाँदी से भरा था, पर ऊपर से बंद था। भिखारी नहीं जानता था कि कद्दू सोने-चाँदी से भरा है। रास्ते में एक दुकान पर उसने वह कद्दू बेच दिया।

अगले दिन राजा ने उनसे पूछा, 'पिछले दिन कोई महत्त्वपूर्ण घटना घटी हो तो बताओ।'

युवा भिखारी ने कहा, 'महाराज, जो कद्दू आपने मुझे दिया था, वह मैंने एक व्यापारी को बेच दिया, जिससे मुझे थोड़ा सा धन मिल गया।'

राजा को बहुत गुस्सा आया, पर उसने गुस्सा व्यक्त नहीं किया। उसने बूढ़े भिखारी से भी वही सवाल किया।

बूढ़े भिखारी ने कहा, 'निश्चय ही महत्त्वपूर्ण घटना घटी महाराज। मैं रास्ते से जा रहा था, तभी एक व्यापारी ने मुझे एक कद्दू भेंट दिया। घर जाकर मैंने उसे चीरा तो उसमें से सोने-चाँदी के सिक्के निकले। सब ईश्वर की देन है।'

राजा ने अपनी हार मान ली।

□

6

अंतिम इच्छा

बहुत समय पहले की बात है। एक जंगल के किनारे घास के मैदान में बकरियों का झुंड रहा करता था। इस बकरियों के झुंड की रखवाली के लिए दो गद्दी कुत्ते हुआ करते थे। बकरियाँ कभी भी जंगल के अंदर हरी घास खाने नहीं जाती थीं। जंगल के बीच में कई शिकारी जानवर रहते थे। जिनसे बकरियों को हमेशा खतरा बना रहता था। बकरियाँ मैदान के नजदीक ही चरकर अपना पेट भर लेती थीं। बकरियाँ अपने मेमनों को भी जंगल के बीच में जाने से रोकती रहती थीं और समझाती रहती थीं कि अगर वे जंगल में जाएँगे तो उनकी जान को खतरा हो सकता है।

एक दिन एक छोटा सा मेमना हरी और मीठी घास खाते-खाते जंगल के बीच में चला गया। जैसे ही वह जंगल में गया, एक भेड़िए ने उसे देख लिया। भेड़िए ने सोचा, 'आज के भोजन का इंतजाम हो गया।' इतना सोचते ही दुष्ट भेड़िया मेमने के आगे कूद पड़ा। अपने बड़े-बड़े नुकीले दाँत भींचकर बोला, 'तुम्हें मालूम है, तुम्हें इस तरह यहाँ नहीं घूमना चाहिए।'

भेड़िए को देखकर मेमना डर गया और काँपने लगा। परंतु फिर धैर्य के साथ बोला, 'मुझे मालूम है, इस तरह घूमकर मैं बड़ी शरारत कर रहा हूँ।'

भेड़िया उसकी बात पर जोर से हँसा और बोला, 'अब तुम शरारती बने हो तो तुम्हें दंड मिलना चाहिए। मैं तुम्हें दंड दूँगा। तुम्हें खाकर अपना पेट भरूँगा।'

मेमना बड़ा भयभीत हुआ। उसने अपनी रक्षा में एक उपाय सोचा। उसने भेड़िए से प्रार्थना की कि 'क्या आप मेरी अंतिम इच्छा पूरी नहीं करोगे।'

भेड़िए ने कहा, 'हाँ-हाँ, कहो।'

मेमने ने कहा, 'हे दयालु भेड़िए, क्या आप मेरे लिए एक गाना गा सकते हो।'

भेड़िया बहुत खुश हुआ और जोर-जोर से गाने लगा। गाने की आवाज कुत्तों के कानों में पड़ गई। कुत्ते समझ गए कि छोटा मेमना जंगल में चला गया है। वे दौड़ते हुए जंगल में पहुँच गए। मेमने को ठीक-ठाक देखते ही वे भेड़िए पर टूट पड़े।

कुत्ते उसके टुकड़े-टुकड़े कर देते पर भेड़िए ने बड़ी मुश्किल से भागकर अपनी जान बचाई। मेमने ने कुत्तों से कहा, 'मुझे बचाने के लिए धन्यवाद।'

वह अपनी माँ के पास दौड़ता हुआ गया और कहने लगा, 'मैं आगे से इस तरह भटकता हुआ कभी नहीं जाऊँगा। हमेशा अपने बुजर्गों की बात को मानूँगा।'

□

7

संतोष

किसी जंगल में बहुत सारे पक्षी रहते थे। उनमें एक मोर भी था। मोर के पंख बहुत सुंदर थे। एक बार बारिश के समय मोर अपने पंख फैलाकर नाच रहा था और इधर-उधर दौड़ रहा था। मोर अपने पंखों को देखकर बहुत खुश हो रहा था। पर थोड़ी ही देर में मोर की खुशी बारिश में धुल गई। उसने देखा कि सामने के पेड़ पर एक बुलबुल गा रही है, उसकी आवाज बहुत मीठी और सुरीली है।

मोर ने भी गाने के लिए अपना मुँह खोला, पर उसकी आवाज बहुत भद्दी और कठोर थी। यह देखकर वो उदास हो गया और अपना सिर नीचे करके आँसू बहाने लगा। मोर सोचने लगा कि भगवान् ने मेरे साथ बड़ा अन्याय किया है। मुझे सुंदर पंख तो दिए हैं, पर सुंदर आवाज नहीं दी। बाकी पक्षियों को इतनी सुंदर सुरीली आवाज दे रखी है।

मोर को आँसू बहाते देख एक परी को दया आई। वह वहाँ प्रकट हुई और मोर को सांत्वना देते हुए बोली, 'तुम इतने उदास क्यों हो रहे हो, भगवान् ने तो सबको उनके हिस्से के मुताबिक सुंदरता निर्धारित की है। अगर भगवान् ने बुलबुल को मीठी आवाज दी है तो उसके पंख काले हैं। तुम्हारी आवाज कठोर है तो तुम्हारे पंख सुंदर हैं।'

परी की बात मोर की समझ में आ गई। और उसके बाद उसने उसी में खुश रहना सीख लिया, जो भगवान् ने उसके लिए निर्धारित किया था। कहा भी गया है कि अपने पास जितना है, उसी में संतुष्ट रहना चाहिए।

□

8

धूर्त गीदड़ का अंत

मगध देश में चंपकवती नामक एक बड़ा वन था, उसमें एक मृग और कौवा बड़े स्नेह से रहते थे। एक गीदड़ उस मृग को देखकर सोचने लगा, 'कैसे इसे मारूँ? पर पहले इसका भरोसा हासिल करूँ।'

यह विचार कर उसके पास जाकर बोला, 'हे मित्र, तुम कुशल हो?'

मृग ने पूछा, 'तुम कौन हो?'

वह बोला, 'मैं क्षुद्रबुद्धि नामक गीदड़ हूँ। इस वन में बंधुहीन मरे के समान रहता हूँ और सब प्रकार से तुम्हारा सेवक बनकर रहूँगा।'

मृग ने कहा, 'ऐसा ही हो, अर्थात् रहा कर।'

इसके बाद भगवान् सूर्य के अस्त हो जाने पर वे दोनों मृग के घर को गए और वहाँ चंपा के वृक्ष की डाल पर मृग का परम मित्र सुबुद्धि नामक कौवा रहता था। कौए ने इन दोनों को देखकर कहा, 'मित्र, यह चितकबरा प्राणी कौन है?'

मृग ने कहा, 'यह गीदड़ है। हमारे साथ मित्रता करने की इच्छा से आया है।'

कौवा बोला, 'मित्र, अनायास आए हुए के साथ मित्रता नहीं करनी चाहिए।'

कहा भी गया है कि जिसका कुल और स्वभाव नहीं जाना है, उसको

घर में कभी नहीं ठहराना चाहिए।

सियार झुँझलाकर बोला, 'मृग से पहले दिन ही मिलने पर तुम्हारा भी तो कुल और स्वभाव नहीं जाना गया था। फिर कैसे तुम्हारे साथ इसकी गाढ़ी मित्रता हो गई?'

जहाँ बुद्धिमान नहीं होता है, वहाँ थोड़े पढ़े की भी बड़ाई होती है। जैसे कि जिस देश में पेड़ नहीं होता है, वहाँ अरंड का वृक्ष ही पेड़ गिना जाता है।

और दूसरे यह अपना है या पराया है, यह अल्पबुद्धियों की गिनती है। उदारचरित वालों को तो सब पृथ्वी ही कुटुंब हैं। जैसा यह मृग मेरा बंधु है, वैसे ही तुम भी हो।'

मृग बोला, 'इस उत्तर-प्रत्युत्तर से क्या है? सब एक स्थान में विश्वास की बातचीत कर सुख से रहो, क्योंकि न तो कोई किसी का मित्र है, न कोई किसी का शत्रु है। व्यवहार से मित्र और शत्रु बन जाते हैं।'

कौवे ने कहा, 'ठीक है।'

एक दिन एकांत में सियार ने कहा, 'मित्र मृग, इस वन में एक-दूसरे स्थान में अनाज से भरा हुआ खेत है। सो वहाँ चलकर मौज करो।'

मृग वहाँ जाकर नित्य अनाज खाता रहा। एक दिन उसे खेत वाले ने देखकर फँदा लगाया। इसके बाद जब वहाँ मृग फिर चरने को आया तो जाल में फँस गया और सोचने लगा, मुझे इस काल की फाँसी के समान व्याध के फंदे से मित्र को छोड़कर कौन बचा सकता है? इस बीच में सियार वहाँ आकर उपस्थित हुआ और सोचने लगा कि मेरे छल से मेरा मनोरथ सिद्ध हुआ और अब इसका मांस मुझे अवश्य मिलेगा।

मृग उसे देख प्रसन्न होकर बोला, 'हे मित्र, मेरे बंधन काटो और मुझे शीघ्र बचाओ। आपत्ति में मित्र, युद्ध में शूर, उधार में सच्चा व्यवहार, निर्धनता में स्त्री और दुःख में भाई या कुटुंबी परखे जाते हैं।'

'और दूसरे विवाहादि उत्सव में, आपत्ति में, अकाल में, राज्य के पलटने में, राजद्वार में तथा श्मशान में, जो साथ रहता है, वही सच्चा बंधु है।'

सियार जाल को बार-बार देखकर सोचने लगा, यह बड़ा कड़ा बंध

है और बोला, 'मित्र, ये फंदे ताँत के बने हुए हैं, इसलिए आज रविवार के दिन इन्हें दाँतों से कैसे छुऊँ मित्र, बुरा मत मानो। प्रातः काल जो कहोगे, सो करूँगा।' ऐसा कहकर वह पास ही छिपकर बैठ गया।

साँझ होने पर कौवा मृग को नहीं आया देख, इधर-उधर ढूँढ़ते-ढूँढ़ते उस स्थान पर आ निकला और उसे बंधन में देखकर बोला, 'मित्र, यह क्या है?'

जैसा कहा गया है कि जो मनुष्य अपने हितकारी मित्रों के वचन नहीं सुनता है, उसके पास ही विपत्ति है और अपने शत्रुओं को प्रसन्न करनेवाला है।

कौवा बोला, 'वह ठग कहाँ है?'

मृग ने कहा, 'मेरे मांस का लोभी यहीं कहीं बैठा होगा?'

कौवा बोला, 'मैंने पहले ही कहा था।'

'मेरा कुछ अपराध नहीं है, अर्थात् मैंने इसका कुछ नहीं बिगाड़ा है, अतएव यह भी मेरे संग विश्वासघात न करेगा, यह बात कुछ विश्वास का कारण नहीं है, क्योंकि गुण और दोष को बिना सोचे शत्रुता करनेवाले नीचों से सज्जनों को अवश्य भय होता ही है और जिनकी मृत्यु पास आ गई है, ऐसे मनुष्य न तो बुझे हुए दीये की चिराँद सूँघ सकते हैं, न मित्रता का वचन सुनते हैं और न अरुंधती के तारे को देख सकते हैं।

पीठ पीछे काम बिगाड़ने वाले और मुख पर मीठी-मीठी बातें करनेवाले मित्र को, मुख पर दूध वाले विष के घड़े के समान छोड़ देना चाहिए।'

कौवे ने लंबी साँस भर कर कहा, 'अरे ठग, तुझ पापी ने यह क्या किया?' क्योंकि अच्छे प्रकार से बोलने वालों को, मीठे-मीठे वचनों तथा कपट से वश में किए हुओं को, आशा करनेवालों को, भरोसा रखनेवालों को और धन के याचकों को ठगना क्या बड़ी बात है?

और हे पृथ्वी, जो मनुष्य उपकारी, विश्वासी तथा भोले-भाले मनुष्य के साथ छल करता है, उस ठग पुरुष को हे भगवति पृथ्वी, तू कैसे धारण करती है।

दुष्ट के साथ मित्रता और प्रीति नहीं करनी चाहिए, क्योंकि गरम अँगारा हाथ को जला देता है। दुर्जनों का यही आचरण है।

मच्छर दुष्ट के समान सब चरित्र करता है, अर्थात् जैसे दुष्ट पहले पैरों पर गिरता है, वैसे ही यह भी गिरता है। जैसे दुष्ट पीठ पीछे बुराई करता है, वैसे ही यह भी पीठ में काटता है। जैसे दुष्ट कान के पास मीठी-मीठी बात करता है, वैसे ही यह भी कान के पास मधुर विचित्र शब्द करता है और जैसे दुष्ट आपत्ति को देखकर निडर हो बुराई करता है, वैसे ही मच्छर भी छिद्र अर्थात् रोम के छेद में प्रवेश कर काटता है।

और दुष्ट मनुष्य का प्रियवादी होना यह विश्वास का कारण नहीं है। उसकी जीभ के आगे मिठास और हृदय में हालाहल विष भरा है।

सुबह कौवे ने उस खेतवाले को लकड़ी हाथ में लिये उस स्थान पर आते देखा, उसे देखकर कौवे ने मृग से कहा, 'मित्र, तुम अपने शरीर को मरे के समान दिखाकर, पेट को हवा से फुलाकर और पैरों को ठिठिया कर बैठ जाओ। जब मैं शब्द करूँ तब झट उठकर भाग जाना।'

खेतवाले ने प्रसन्नता से आँखें खोकर उस मृग को इस प्रकार देखा, 'आहा, यह तो आप ही मर गया।' ऐसा कहकर मृग की फाँसी को खोल कर जाल को समेटने का प्रयत्न करने लगा। पीछे कौवे की काँव-काँव सुनकर मृग तुरंत उठकर भाग गया। इसको देख उस खेतवाले ने ऐसी फेंक कर लकड़ी मारी कि उससे पास छिपा सियार मारा गया।

जैसा कहा गया है कि प्राणी तीन वर्ष, तीन मास, तीन पक्ष और तीन दिन में, अधिक पाप और पुण्य का फल यहाँ ही भोगता है।

□

9

दाल नहीं गली

एक जंगल में बहुत सारे जानवर रहते थे। उनमें एक भेड़िया भी था। भेड़िया अपने आप को काफी चालाक समझता था। एक दिन जंगल में काफी दौड़-धूप करने के बाद भी भेड़िए को कुछ खाने को नहीं मिला। थक-हारकर वह एक पत्थर पर बैठ गया। बैठे-बैठे ही उसकी नजर एक बकरी पर पड़ी, जो एक ऊँची और फिसलनवाली पहाड़ी पर घास चर रही थी। भेड़िए ने सोचा फिसलनवाली पहाड़ी पर चढ़ना तो मुश्किल है, पर बकरी को कोई लालच देकर नीचे बुलाया जा सकता है और भोजन की व्यवस्था हो सकती है।

वह उठा और उस फिसलनवाली पहाड़ी के नजदीक पहुँच गया। वहाँ पहुँचकर उसने बकरी को आवाज दी, 'बकरी बहन, बकरी बहन, तुम गलती से ऊँची और फिसलन भरी पहाड़ी पर चढ़ गई हो, यहाँ से तुम फिसलकर नीचे गिर जाओगी, वापस आ जाओ।'

बकरी ने उसकी बात अनसुनी कर दी और घास चरती रही। भेड़िए ने सोचा बकरी को मेरी आवाज सुनाई नहीं दी। भेड़िए ने दुबारा बकरी को जोर से आवाज दी, 'बकरी बहन, बकरी बहन, नीचे उतर आओ तुम फिसलन भरी पहाड़ी पर चढ़ गई हो। यहाँ से तुम फिसलकर नीचे गिर जाओगी।'

बकरी ने फिर कोई जवाब नहीं दिया। चरने में ही मस्त रही। भेड़िए ने

सोचा कि बकरी तो हरी–हरी घास खाने में ही व्यस्त है। उसे मेरी आवाज सुनाई नहीं दे रही है। उसने और ऊँची आवाज में कहा, 'बकरी बहन, बकरी बहन, नीचे उतर आओ, तुम फिसलन भरी पहाड़ी पर चढ़ गई हो, यहाँ से तुम फिसलकर नीचे गिर जाओगी। ऊपर ठंड भी बहुत है। ऊपर की घास से तो नीचे की घास बहुत मीठी है।'

इस बार बकरी से रहा नहीं गया और उसने जवाब दिया, 'तुम्हें मेरे खाने की चिंता हो रही है या अपने खाने की। मैं जहाँ भी चर रही हूँ, ठीक चर रही हूँ।'

बकरी का जवाब सुनकर भेड़िया समझ गया कि यहाँ मेरी दाल गलनेवाली नहीं है, चुपचाप जंगल की ओर चला गया। इसीलिए कहते हैं कि किसी की चिकनी–चुपड़ी बातों में नहीं आना चाहिए।

□

10

दृष्टिकोण

एक बुजुर्ग ग्रामीण के पास एक बहुत ही सुंदर और शक्तिशाली घोड़ा था। वह उससे बहुत प्यार करता था। उस घोड़े को खरीदने के कई आकर्षक प्रस्ताव उसके पास आए, मगर उसने उसे नहीं बेचा। एक रात उसका घोड़ा अस्तबल से गायब हो गया। गाँववालों में से किसी ने कहा, 'अच्छा होता कि तुम उसे किसी को बेच देते। कई तो बड़ी कीमत दे रहे थे। बड़ा नुकसान हो गया।'

परंतु उस बुजुर्ग ने यह बात ठहाके में उड़ा दी और कहा, 'आप सब बकवास कर रहे हैं। मेरे लिए तो मेरा घोड़ा बस अस्तबल में नहीं है। ईश्वर की इच्छा, जो होगा आगे देखा जाएगा।'

सचमुच कुछ दिन बाद उसका घोड़ा अस्तबल में वापस आ गया। अपने साथ कई जंगली घोड़े व घोड़ियाँ भी ले आया था। ग्रामीणों ने उसे बधाइयाँ दी और कहा कि उसका तो भाग्य चमक गया।

परंतु उस बुजुर्ग ने फिर से यह बात ठहाके में उड़ा दी और कहा, 'बकवास, मेरे लिए तो बस आज मेरा घोड़ा वापस आया है। कल क्या होगा किसने देखा है।'

अगले दिन उस बुजुर्ग का बेटा एक जंगली घोड़े की सवारी करते हुए गिर पड़ा और उसकी टाँग टूट गई। लोगों ने बुजुर्ग से सहानुभूति दर्शाई और

कहा कि इससे तो बेहतर होता कि घोड़ा वापस ही नहीं आता। न वो वापस आता और न ही ये दुर्घटना घटती।

बुजुर्ग ने कहा, 'किसी को यह निष्कर्ष निकालने की जरूरत नहीं है। मेरे पुत्र के साथ एक हादसा हुआ है, ऐसा किसी के साथ भी हो सकता है, बस।'

कुछ दिन बाद राजा के सिपाही गाँव आए और गाँव के तमाम जवान आदमियों को अपने साथ लेकर चले गए। राजा को पड़ोसी देश में युद्ध करना था और इसलिए नए सिपाहियों की भरती जरूरी थी। उस बुजुर्ग का बेटा चूँकि घायल था और युद्ध में किसी काम का नहीं था, अतः उसे नहीं ले जाया गया।

गाँव के बुजुर्गों ने उस बुजुर्ग से कहा, 'हमने तो हमारे पुत्रों को खो दिया। दुश्मन तो ताकतवर है। युद्ध में हार निश्चित है। तुम भाग्यशाली हो, कम-से-कम तुम्हारा पुत्र तुम्हारे साथ तो है।'

उस बुजुर्ग ने कहा, 'अभिशाप या आशीर्वाद के बीच बस आपके दृष्टिकोण का फर्क होता है। इसीलिए किसी भी चीज को वैसी निगाहों से न देखें। निष्पक्ष भाव से, यदि चीजों को होने देंगे तो दुनिया खूबसूरत लगेगी।'

□

11

अक्लमंदी

एक दिन एक किसान का गधा कुएँ में गिर गया। वह गधा घंटों जोर-जोर से रोता रहा और किसान सुनता रहा और विचार करता रहा कि उसे क्या करना चाहिए और क्या नहीं। अंततः उसने निर्णय लिया कि चूँकि गधा काफी बूढ़ा हो चुका था, अतः उसे बचाने से कोई लाभ होनेवाला नहीं था और इसलिए उसे कुएँ में ही दफना देना चाहिए।

किसान ने अपने सभी पड़ोसियों को मदद के लिए बुलाया। सभी ने एक-एक फावड़ा पकड़ा और कुएँ में मिट्टी डालनी शुरू कर दी। जैसे ही गधे की समझ में आया कि यह क्या हो रहा है, वह और जोर-जोर से चीख-चीखकर रोने लगा और फिर अचानक

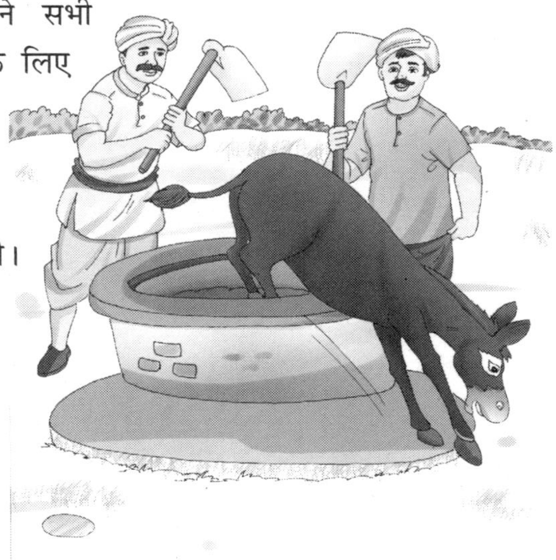

वह आश्चर्यजनक रूप से शांत हो गया।

सब लोग चुपचाप कुएँ में मिट्‌टी डालते रहे। तभी किसान ने कुएँ में झाँका तो वह आश्चर्य से सन्न रह गया। अपनी पीठ पर पड़ने वाले हर फावड़े की मिट्‌टी के साथ वह गधा एक आश्चर्यजनक हरकत कर रहा था। वह हिल-हिलकर उस मिट्‌टी को नीचे गिरा देता था और फिर एक कदम बढ़ाकर उस पर चढ़ जाता था। जैसे-जैसे किसान तथा उसके पड़ोसी उस पर फावड़ों से मिट्‌टी गिराते, वैसे-वैसे वह हिल-हिलकर उस मिट्‌टी को गिरा देता और एक सीढ़ी ऊपर चढ़ आता। जल्दी ही सबको आश्चर्यचकित करते हुए, वह गधा कुएँ के किनारे पर पहुँच गया और कूदकर बाहर भाग गया।

□

12

सोच-विचार

एक किसान ने एक दिन छोटी सी चिड़िया पकड़ ली। वह इतनी छोटी थी कि किसान की एक मुट्ठी में दो चिड़ियाँ समा सकती थीं। किसान कहने लगा कि वह उसे पकाकर खा जाएगा। चिड़िया बोली, कृपा करके मुझे छोड़ दो। वैसे भी मैं इतनी छोटी हूँ कि तुम्हारे एक कौर के बराबर भी नहीं होऊँगी।'

किसान ने जवाब दिया, 'लेकिन तुम्हारा मांस बहुत स्वादिष्ट होता है। हाँ, मैंने कहावत सुनी है कि कुछ नहीं से कुछ भी होना बेहतर है।'

उसकी बात सुनकर चिड़िया बोली, 'अगर मैं तुम्हें ऐसा मोती देने का वादा करूँ, जो शुतुरमुर्ग के अंडे से भी बड़ा हो, तो क्या तुम मुझे आजाद कर दोगे?'

उसकी बात सुनकर किसान खुश हो गया और तत्काल उसने मुट्ठी खोलकर उसे उड़ा दिया।

चिड़िया आजाद होते ही कुछ दूर एक पेड़ की ऊँची डाल पर जा बैठी, जहाँ किसान का हाथ नहीं पहुँच सकता था। किसान ने उसे बैठा देखकर बड़ी बेसब्री से कहा, 'जाओ, जल्दी जाओ, मेरे लिए वह मोती लेकर आओ।'

चिड़िया हँसकर बोली, 'वह मोती तो मुझसे भी बड़ा है, मैं उसे कैसे ला सकती हूँ?'

किसान ने गुस्से और खीझ से कहा, 'तुम्हें लाना ही पड़ेगा, तुमने वादा किया है।'

चिड़िया वहीं बैठी रही। उसने जवाब दिया, 'मैंने तुमसे कोई वादा नहीं किया था। मैंने सिर्फ यही कहा था कि अगर मैं ऐसा वादा करूँ, तो क्या तुम मुझे छोड़ दोगे। इतना सुनते ही तुम लालच में अंधे हो गए।'

उसकी बात सुनकर किसान हाथ मलने लगा। चिड़िया बोली, 'लेकिन दु:खी मत होओ, मैंने आज तुम्हें वह पाठ पढ़ाया है, जो ऐसे हर मोतियों से ज्यादा कीमती है। हमेशा कुछ भी करने से पहले सोच-विचार करो।'

आसान मार्ग

एक जंगल में एक कोयल सुर में गा रही थी। तभी एक किसान वहाँ से एक बक्सा लेकर गुजरा, जिसमें कीड़े भरे हुए थे। कोयल ने गाना छोड़ दिया और उसने किसान से पूछा, 'इस बक्से में क्या है और तुम कहाँ जा रहे हो?'

किसान ने उत्तर दिया, बक्से में कीड़े भरे हैं, जिन्हें मैं पंख के बदले शहर में बेचने जा रहा हूँ।'

यह सुनकर कोयल ने कहा, 'मेरे पास बहुत से पंख हैं, जिनमें से एक पंख तोड़कर मैं आपको दे सकती हूँ। इससे मेरा बहुत समय बच जाएगा और आपका भी।'

किसान ने कोयल को कुछ कीड़े निकालकर दिए, जिसके बदले में कोयल ने अपना एक पंख तोड़कर दे दिया। अगले दिन भी यही हुआ। फिर ऐसा रोज ही होने लगा। एक दिन ऐसा भी आया, जब कोयल के सभी पंख समाप्त हो गए।

सभी पंख समाप्त हो जाने के कारण कोयल उड़ने में असमर्थ हो गई और कीड़े पकड़कर खाने लायक भी नहीं बची। वह बदसूरत दिखने लगी, उसने गाना बंद कर दिया और जल्द ही भूख से मर गई। भोजन प्राप्त करने का जो आसान मार्ग कोयल ने चुना, वही मार्ग अंतत: सबसे कठिन साबित हुआ।

□

13

बुद्धिमानी

एक बुद्धिमान राजा के तीन पुत्र थे। राजा वृद्ध हो चला तो उसने अपने तीनों पुत्रों में से किसी एक को राज्य का उत्तराधिकारी बनाने की सोची। वह पारंपरिक रूप से ज्येष्ठ पुत्र को राजा बनाने के विरुद्ध था। वह चाहता था कि बुद्धिमान पुत्र राजा बने, ताकि राज्य का कल्याण हो।

अतः राजा ने अपने पुत्रों की परीक्षा लेने के लिए एक दिन अपने पास बुलाया और प्रत्येक को एक-एक रुपए देकर कहा कि यह रुपया ले जाओ और उससे कुछ खरीदकर महल को पूरा भर दो।

ज्येष्ठ पुत्र ने

सोचा कि पिता शायद पागल हो गए हैं। एक रुपए में क्या आता है, जिससे महल को भरा जा सके। उसने वह रुपया एक भिखारी को दे दिया।

मंझले ने सोचा कि एक रुपए में तो महल को पूरा भरने लायक कबाड़ ही मिलेगा। वह कबाड़ी बाजार पहुँचा और सबसे सस्ता कबाड़ खरीदकर ले आया। फिर भी उससे महल का सबसे छोटा कमरा ही भर पाया।

कनिष्ठ पुत्र ने थोड़ा विचार किया और बाजार चला गया। जब वह वापस आया तो उसके हाथ में अगरबत्ती का पैकेट था। उसने उन अगरबत्तियों को जलाया और महल के हर कमरे में एक-एक अगरबत्ती लगा दी। पूरा महल सुगंध और दैवीय माहौल से भर गया। राजा ने उसे राजगद्दी सौंप दी।

□

14

उपहार

एक संन्यासी एक राजा के पास पहुँचे। राजा ने उनका आदर-सत्कार किया। कुछ दिन उनके राज्य में रुकने के पश्चात् संन्यासी ने जाते समय राजा से अपने लिए उपहार माँगा।

राजा ने एक पल सोचा और कहा, 'जो कुछ भी खजाने में है, आप ले सकते हैं।'

संन्यासी ने उत्तर दिया, 'लेकिन खजाना तुम्हारी संपत्ति नहीं है, वह तो राज्य का है और तुम सिर्फ ट्रस्टी हो।'

'तो यह महल ले लें।'

'यह भी प्रजा का है।' संन्यासी ने हँसते हुए कहा।

'तो मेरा यह शरीर ले लें। आपकी जो भी

मरजी हो, आप पूरी कर सकते हैं।' राजा बोला।

'लेकिन यह तो तुम्हारी संतान का है। मैं इसे कैसे ले सकता हूँ।' संन्यासी ने उत्तर दिया।

'तो महाराज आप ही बताएँ कि ऐसा क्या है, जो मेरा हो और आपके लायक हो?' राजा ने पूछा।

संन्यासी ने उत्तर दिया, 'हे राजन, यदि आप सच में मुझे कुछ उपहार देना चाहते हैं, तो अपना अहंकार, अपना अहम दे दें। अहंकार पराजय का द्वार है। अहंकार यश का नाश करता है। यह खोखलेपन का परिचायक है।'

□

15
जोखिम

एक राजा के दरबार में एक महत्त्वपूर्ण पद रिक्त था। इस पद के लिए वह योग्य उम्मीदवार की तलाश में था। उसके दरबार में बहुत से बुद्धिमान और शक्तिशाली उम्मीदवार मौजूद थे। राजा ने उनसे कहा, 'मेरे बुद्धिमान साथियो। मेरे समक्ष एक समस्या है और मैं यह देखना चाहता हूँ कि तुम लोगों में से कौन इसे सुलझा पाता है।'

इसके उपरांत वह सभी लोगों को लेकर एक विशाल दरवाजे के पास पहुँचा। इतना बड़ा दरवाजा उनमें से किसी ने कभी नहीं देखा था। राजा बोला, 'यह मेरे राज्य का सबसे बड़ा और भारी दरवाजा है। तुममें से कौन इसे खोल सकता है?'

कुछ दरबारियों ने इनकार की मुद्रा में तुरंत अपने सिर हिला दिए। कुछ अन्य बुद्धिमान दरबारियों ने नजदीक से दरवाजे को देखा ओर अपनी असमर्थता जाहिर की। बुद्धिमान दरबारियों को इनकार करते देख बाकी सभी दरबारी भी इस बात पर सहमत हो गए कि यह बहुत बड़ी समस्या है और इसे सुलझाना असंभव है।

केवल एक दरबारी उस दरवाजे के पास तक गया। उसने दरवाजे का परीक्षण किया तथा उसे हिलाने की कोशिश की। अंततः काफी ताकत लगाकर उसने दरवाजे को खींचा और दरवाजा खुल गया। हालाँकि दरवाजा अधखुला

ही रह गया था, परंतु इसे बंद करने की जरूरत नहीं पड़ी, क्योंकि उसके साहस की परीक्षा हो चुकी थी।

राजा ने कहा, 'तुम ही दरबार में उस महत्त्वपूर्ण पद पर बैठने के योग्य हो, क्योंकि तुमने सिर्फ देखकर और सुनकर ही विश्वास नहीं कर लिया। तुमने कार्य को संपन्न करने के लिए अपनी ताकत का प्रयोग किया और परीक्षण का जोखिम उठाया।'

□

16

बिल्ली का फैसला

बहुत समय पहले की बात है। एक जंगल में एक बहुत बड़ा पेड़ था। इस पेड़ की शाखाओं पर बहुत सारे पक्षी रहा करते थे। इस पेड़ की एक शाखा पर एक चिड़िया और एक कौवा भी रहते थे। दोनों ने अपने-अपने घोंसले बना रखे थे। एक दिन चिड़िया ने कौवे से कहा, 'नजदीक में ही बहुत सारी फसल पककर तैयार हुई है। मैं उसकी दावत उड़ाने जा रही हूँ। तुम मेरे घर का खयाल रखना।'

कौवे ने कहा, 'ठीक है।'

चिड़िया फुर्र से उड़ गई। शाम को कौवा चिड़िया का इंतजार करता रहा, पर चिड़िया नहीं आई। धीरे-धीरे कई दिन बीतने पर कौवे ने सोचा कि हो सकता है, चिड़िया को किसी ने पकड़ लिया हो। कौवे को अब उम्मीद नहीं थी कि चिड़िया वापस आ जाएगी। एक दिन एक खरगोश वहाँ से गुजर रहा था, तभी उसकी नजर उस खाली पड़े घोंसले पर पड़ी। अंदर जाकर देखा तो वहाँ कोई नहीं था। खरगोश को यह घर पसंद आ गया और वह उसी में रहने लगा। कौवे ने भी कोई एतराज नहीं किया।

बहुत दिन बीतने पर जब फसल खत्म हो गई तो चिड़िया वापस अपने घोंसले में आई। यहाँ आकर उसने देखा कि उसके घर में एक खरगोश रह रहा है। उसने खरगोश से कहा कि यह घर तो मेरा है।

खरगोश ने कहा, 'मैं यहाँ कई दिनों से रह रहा हूँ, इसलिए यह घर मेरा

है। चिड़िया जब तक उड़नेवाली नहीं होती, तब तक ही घोंसले में रहती है।'

चिड़िया नहीं मानी। खरगोश भी नहीं माना। दोनों खूब जोर-जोर से लड़ने लगे। आखिर खरगोश ने कहा, 'हमें किसी बुद्धिमान के पास जाकर अपना फैसला कराना चाहिए। जिसके हक में फैसला होगा, वह इसमें रहेगा, दूसरे को जाना पड़ेगा।'

इस बात को चिड़िया भी मान गई। इनकी इस लड़ाई को एक बिल्ली ने सुन लिया था। वह फटाफट एक माला हाथ में लेकर जोर-जोर से राम-राम रटने लगी। जैसे ही खरगोश की नजर उस पर पड़ी, उसने कहा, 'वह देखो, वह बिल्ली राम-राम रट रही है, उसी से फैसला करवा लेते हैं।'

चिड़िया ने कहा, 'यह हमारी पुरानी दुश्मन है, इसलिए इससे दूरी बनाकर ही बात करनी होगी।'

चिड़िया ने दूर से ही आवाज देकर कहा, 'महाराज, हमारा एक फैसला करना है।'

बिल्ली ने आँख खोलते हुए कान पर हाथ रखकर कहा, 'क्या कहा, जरा नजदीक आकर जोर से बोलो।'

चिड़िया ने जोर से कहा, 'हमारा एक फैसला करना है, जिसकी जीत होगी, उसको छोड़ तुम दूसरे को खा लेना।'

बिल्ली ने कहा, 'छिः, छिः तुम ये कैसी बातें कर रही हो। मैंने तो शिकार करना कब का छोड़ दिया है। तुम निडर होकर नजदीक आकर मुझे सब बताओ, मैं फैसला कर दूँगी।'

खरगोश को उसकी बात पर भरोसा हो गया। वह बिल्ली के नजदीक गया तो बिल्ली बोली, 'और नजदीक आओ, मेरे कान में सारी बात बताओ। खरगोश ने उसके कान में सारी कहानी कह दी। चिड़िया भी यह देखकर बिल्ली के पास पहुँच गई। मौका देखते ही बिल्ली ने झपटा मारकर दोनों को मार दिया और खा गई। पेट भर जाने के बाद बिल्ली खुद उनके घोंसले में गई और सो गई। इसलिए कहा गया है कि कभी भी अपने दुश्मन पर विश्वास नहीं करना चाहिए।

□

17

लोभी का अंत बुरा

कल्याणकटक बस्ती में भैरव नामक एक शिकारी रहता था। एक दिन वह मृग को ढूँढ़ता-ढूँढ़ता विंध्याचल की ओर गया, फिर शिकार में मारे हुए मृग को लेकर जाते हुए उसने एक भयंकर सूकर को देखा। उसने मृग को भूमि पर रखकर सूकर को बाण से मारा। सूकर ने भी भयंकर गर्जना करके उस व्याध की कमर में ऐसी टक्कर मारी कि वह कटे पेड़ के समान जमीन पर गिर पड़ा।

कहा गया है कि जल, अग्नि, विष, शस्त्र, भूख, रोग और पहाड़ से गिरना; इसमें से किसी-न-किसी बहाने को पाकर प्राणी प्राणों से छूटता है।

उन दोनों के पैरों की रगड़ से एक सर्प भी मर गया। इसके पीछे आहार की खोज में भटकते दीर्घराव नामक गीदड़ ने घूमते-घूमते उन मृग, व्याध, सर्प और सूकर को मरे पड़े हुए देखा और विचारा कि आहा, आज तो मेरे लिए बड़ा भोजन तैयार है।

जैसे देहधारियों को अनायास दुःख मिलते हैं, वैसे ही सुख भी मिलते हैं, परंतु इसमें भाग्य बलवान है, ऐसा मानता हूँ। जो कुछ हो, इनके मांसों से मेरे तीन महीने तो सुख से कटेंगे।

एक महीने को मनुष्य होगा, दो महीने को हिरण और सूकर होंगे और एक दिन को सर्प होगा और आज धनुष की डोरी चबानी चाहिए।

पहले भूख में यह स्वादरहित, धनुष में लगा हुआ ताँत का बंधन खाऊँ। यह कहकर जैसे ही गीदड़ ने ताँत चबाया, बंधन के टूटने से उछटे हुए धनुष से उसका हृदय फट गया और दीर्घराव मर गया। इसलिए कहा गया है, संचय नित्य करना चाहिए, पर अति संचय कदापि नहीं।

शास्त्र पढ़कर भी मूर्ख होते हैं, परंतु जो क्रिया में चतुर है, वही सच्चा पंडित है। जैसे अच्छे प्रकार से निर्णय की हुई ओषधि भी रोगियों को केवल नाममात्र से अच्छा नहीं कर देती है।

शास्त्र की विधि, पराक्रम से डरे हुए मनुष्य को कुछ गुण प्रदान नहीं कर सकती, जैसे इस संसार में हाथ पर धरा हुआ दीपक भी अंधे को वस्तु नहीं दिखा सकता।

इस शेष दशा में शांति करनी चाहिए और इसे भी तुमको अधिक क्लेश नहीं मानना चाहिए। क्योंकि राजा, कुल की वधू, ब्राह्मण, मंत्री, स्तन, दंत, केश, नख और मनुष्य—ये अपने स्थान से अलग हुए शोभा नहीं देते। यह जानकर बुद्धिमान को अपना स्थान नहीं छोड़ना चाहिए। यह कायर पुरुष का वचन है।

सिंह, सज्जन पुरुष और हाथी; ये स्थान को छोड़कर जाते हैं और काक, कायर पुरुष और मृग—जहाँ-के-तहाँ नाश को प्राप्त होते हैं।

वीर और उद्योगी पुरुषों को देश और विदेश क्या है? अर्थात् जैसा देश, वैसा ही विदेश। वे तो जिस देश में रहते हैं, उसी को अपने बाहु के प्रताप से जीत लेते हैं। जैसे सिंह वन में दाँत, नख, पूँछ के प्रहार करता हुआ फिरता है, उसी वन में अपने बल से मारे हुए हाथियों के रुधिर से अपनी प्यास बुझाता है।

और जैसे मंडूक कूप के पास पानी के गड्ढे में और पक्षी भरे हुए सरोवर को आते हैं, वैसे ही सब संपत्तियाँ अपने आप उद्योगी पुरुष के पास आती हैं।

और आए हुए सुख और दुःख को भोगना चाहिए, क्योंकि सुख और दुःख पहिए की तरह घूमते हैं, यानी सुख के बाद दुःख और दुःख के

बाद सुख आता-जाता है।

और दूसरे—उत्साही तथा आलस्यहीन, कार्य की रीति को जानने वाला, द्यूतक्रीड़ा आदि व्यसन से रहित, शूर, उपकार को मानने वाला और पक्की मित्रता वाला ऐसे पुरुष के पास रहने के लिए लक्ष्मी आप ही जाती है।

□

18

दावत

बहुत समय पहले की बात है, एक जंगल में बहुत सारे पशु-पक्षी रहा करते थे। सभी जानवर आपस में मिल-जुलकर रहते थे। एक बार एक लोमड़ी जंगल में घूम रही थी। घूमते-घूमते उसकी मुलाकात एक सारस से हो गई। धीरे-धीरे दोनों की मुलाकात दोस्ती में बदल गई। दोनों पक्के दोस्त बन गए। एक दिन लोमड़ी ने सारस से कहा, 'हमारी दोस्ती काफी दिनों से है, पर हमने कभी भी एक-दूसरे को दावत नहीं दी। कल मैं तुम्हें दावत देना चाहती हूँ, तुम मेरे घर दावत पर जरूर आना।' सारस ने उसकी दावत का निमंत्रण सहर्ष स्वीकार कर लिया।

अगले दिन सारस सही समय पर लोमड़ी के घर दावत लेने पहुँच गया। लोमड़ी ने भी उसका स्वागत किया। खाने में लोमड़ी ने स्वादिष्ट खीर बनाई। जब खाने का समय हुआ तो लोमड़ी एक चौड़े बरतन में खीर परोसकर ले आई। दोनों खाने लगे। सारस की चोंच इसमें डूब नहीं रही थी, इसलिए खीर का आनंद नहीं ले सका। लोमड़ी फटाफट सारी खीर चट कर गई। सारस बेचारा भूखा ही रह गया। सारस लोमड़ी की चालाकी को समझ गया। सारस ने लोमड़ी को सबक सिखाने की सोची। फिर एक दिन सारस ने भी लोमड़ी को अपने घर दावत देने की सोची। उसने लोमड़ी को दावत का निमंत्रण दे दिया। लोमड़ी ने भी दावत को सहर्ष स्वीकार कर लिया।

अगले दिन लोमड़ी बड़े चाव से सारस के घर दावत उड़ाने चली गई। सारस ने भी उसकी मनपसंद खीर बनाई। जब खाने का समय आया तो सारस एक पतले मुँह वाले बरतन में खीर परोसकर ले आया और लोमड़ी को खाने का आग्रह किया। जब लोमड़ी खाने लगी तो उसकी जीभ खीर तक पहुँची ही नहीं। सारस ने अपनी लंबी चोंच से सारी खीर डकार ली। लोमड़ी बेचारी को भूखे पेट ही रहना पड़ा और अपने किए पर काफी पछतावा भी हुआ। इसीलिए कहते हैं कि जो जैसा व्यवहार दूसरों के साथ करता है, उसके साथ भी वैसा ही व्यवहार किया जाता है।

□

19

लोभ

किसी गाँव में एक धनी सेठ रहता था। उसके घर के पास जूते सिलनेवाले एक गरीब मोची की दुकान थी। उस मोची की एक खास आदत थी कि वह जब भी जूते सिलता तो भगवान् के भजन गुनगुनाता रहता था। लेकिन सेठ ने कभी उसके भजनों की तरफ ध्यान नहीं दिया। एक दिन सेठ व्यापार के सिलसिले में विदेश गया और घर लौटते वक्त उसकी तबीयत बहुत खराब हो गई। लेकिन पैसे की कोई कमी तो थी नहीं सो देश-विदेशों से डॉक्टर, वैद्य, हकीमों को बुलाया गया, लेकिन कोई भी सेठ की बीमारी का इलाज नहीं कर सका। सेठ की तबीयत दिन-प्रतिदिन और खराब होती जा रही थी। वह चल-फिर भी नहीं पाता था, एक दिन वह घर में अपने बिस्तर पर लेटा था कि अचानक उसके कान में मोची के भजन की आवाज सुनाई दी। आज मोची के भजन उसे कुछ अच्छे लग रहे थे। कुछ ही देर में सेठ इतना मंत्रमुग्ध हो गया कि उसे ऐसा लगा जैसे वो साक्षात् परमात्मा से मिलन कर रहा हो।

मोची के भजन सेठ को उसकी बीमारी से दूर लेते जा रहे थे। कुछ देर के लिए सेठ भूल गया कि वह बीमार है। उसे अपार आनंद की प्राप्ति हुई। कुछ दिन तक यही सिलसिला चलता रहा, अब धीरे-धीरे सेठ के स्वास्थ्य में सुधार आने लगा।

100

एक दिन उसने मोची को बुलाया और कहा, मेरी बीमारी का इलाज बड़े-बड़े डॉक्टर नहीं कर पाए, लेकिन तुम्हारे भजन ने मेरा स्वास्थ्य सुधार दिया, ये लो 2000 रुपए इनाम। मोची खुश होकर पैसे लेकर चला गया। लेकिन उस रात मोची को बिल्कुल नींद नहीं आई। वो सारी रात यही सोचता रहा कि इन पैसों को कहाँ छुपाकर रखूँ और इनसे क्या-क्या खरीदना है ?

इसी सोच की वजह से वो इतना परेशान हुआ कि अगले दिन काम पर भी नहीं जा पाया। अब भजन गाना तो जैसे वो भूल ही गया था, मन में खुशी थी पैसे की। अब तो उसने काम पर जाना ही बंद कर दिया और धीरे-धीरे उसकी दुकानदारी भी चौपट होने लगी। इधर सेठ की बीमारी फिर से बढ़ती जा रही थी। एक दिन मोची सेठ के घर आया और बोला, 'सेठजी आप अपने ये पैसे वापस रख लीजिए, इस धन की वजह से मेरा धंधा चौपट हो गया, मैं भजन गाना भूल गया। इस धन ने तो मेरा परमात्मा से नाता ही तुड़वा दिया।' मोची पैसे वापस करके फिर से अपने काम में लग गया।

सचमुच पैसों का लालच हमको अपनों से दूर ले जाता है, हम भूल जाते हैं कि कोई ऐसी शक्ति भी है, जिसने हमें बनाया है।

□

20

भाग्योदय

एक सेठजी थे, जिनके पास काफी दौलत थी और सेठजी ने उस धन से निर्धनों की सहायता की, अनाथ आश्रम एवं धर्मशाला आदि बनवाए। इस दानशीलता के कारण सेठजी की नगर में काफी ख्याति थी। सेठजी ने अपनी बेटी की शादी एक बड़े घर में की थी, परंतु बेटी के भाग्य में सुख न होने के कारण उसका पति जुआरी, शराबी, सट्टेबाज निकल गया, जिससे सब धन समाप्त हो गया।

बेटी की यह हालत देखकर सेठानीजी रोज सेठजी से कहती कि आप दुनिया की मदद करते हो, मगर अपनी बेटी की परेशानी में भी उसकी मदद क्यों नहीं करते हो? सेठजी कहते कि भाग्यवान जब तक बेटी-दामाद का भाग्य उदय नहीं होगा, तब तक मैं उनकी कितनी भी मदद करूँ, कोई फायदा नहीं होगा। जब उनका भाग्य उदय होगा तो अपने आप सब मदद करने को तैयार हो जाएँगे। परंतु माँ तो माँ होती है, बेटी परेशानी में हो तो माँ को कैसे चैन आएगा। इसी सोच-विचार में सेठानी रहती थी कि किस तरह बेटी की आर्थिक मदद करूँ।

एक दिन सेठजी घर से बाहर गए थे कि तभी उनका दामाद घर आ गया। सास ने दामाद का आदर-सत्कार किया और बेटी की मदद करने का विचार उसके मन में आया कि क्यों न मोतीचूर के लड्डुओं में अशर्फियाँ

रख दी जाएँ, जिससे बेटी की मदद भी हो जाएगी और दामाद को पता भी नहीं चलेगा। यह सोचकर सास ने लड्डुओं के बीच में अशर्फियाँ दबाकर रख दीं और दामाद को विदा कर दिया।

दामाद लड्डू लेकर घर से चला। दामाद ने सोचा कि इतना वजन कौन लेकर जाए, क्यों न यहीं मिठाई की दुकान पर बेच दिए जाएँ। और दामाद ने लड्डुओं का टोकरा मिठाईवाले को बेच दिया और पैसे जेब में डालकर चला गया।

उधर सेठजी बाहर से आए तो उन्होंने सोचा घर के लिए मिठाई लेता चलूँ। उन्होंने दुकानदार से लड्डू माँगे। मिठाईवाले ने वही लड्डू का टोकरा सेठजी को वापस बेच दिया, जो उनके दामाद को उसकी सास ने दिया था।

सेठानी ने जब लड्डुओं का वही टोकरा देखा तो अपना माथा पीट लिया। उसने दामाद के आने से लेकर लड्डुओं में अशर्फियाँ छिपाने तक की बात सेठजी से कह डाली।

सेठजी बोले, 'भाग्यवान, मैंने पहले ही समझाया था कि अभी उनका भाग्य नहीं जगा है। देखा अशर्फियाँ न तो दामाद के भाग्य में थीं और न ही मिठाईवाले के भाग्य में। इसलिए कहते हैं कि भाग्य से ज्यादा और समय से पहले किसी को कुछ नहीं मिलता।

□

21

सच्चा आनंद

एक बार एक स्वामीजी भिक्षा माँगते हुए एक घर के सामने खड़े हुए और उन्होंने आवाज लगाई, 'भिक्षा दे दे माते।'

घर से महिला बाहर आई। उसने उनकी झोली में भिक्षा डाली और कहा, 'महात्माजी, कोई उपदेश दीजिए।'

स्वामीजी बोले, 'आज नहीं, कल दूँगा।'

दूसरे दिन स्वामीजी ने पुनः उस घर के सामने आवाज दी, 'भिक्षा दे दे माते।'

उस घर की स्त्री ने उस दिन खीर बनाई थी, जिसमें बादाम-पिस्ते भी डाले थे, वह खीर का कटोरा लेकर बाहर आई। स्वामीजी ने अपना कमंडल आगे कर दिया। वह स्त्री जब खीर डालने लगी तो उसने देखा कि कमंडल में गोबर और कूड़ा भरा पड़ा है। उसके हाथ ठिठक गए। वह बोली, 'महाराज, यह कमंडल तो गंदा है।'

स्वामीजी बोले, 'हाँ, गंदा तो है, किंतु खीर इसमें डाल दो।'

स्त्री बोली, 'नहीं महाराज, तब तो खीर खराब हो जाएगी। दीजिए, यह कमंडल, मैं इसे शुद्ध कर लाती हूँ।'

स्वामीजी बोले, 'मतलब जब यह कमंडल साफ हो जाएगा, तभी खीर डालोगी न?'

स्त्री ने कहा, 'जी महाराज।'

स्वामीजी बोले, 'मेरा भी यही उपदेश है। मन में जब तक चिंताओं का कूड़ा-कचरा और बुरे संस्कारों का गोबर भरा है, तब तक उपदेशामृत का कोई लाभ न होगा।'

यदि उपदेशामृत पान करना है, तो सबसे पहले अपने मन को शुद्ध करना चाहिए। कुसंस्कारों का त्याग करना चाहिए, तभी सच्चे सुख और आनंद की प्राप्ति होती है।

□

22

फूल और पत्ता

किसी जंगल में एक बहुत बड़ा तालाब था। तालाब के पास एक बागीचा था, जिसमें अनेक प्रकार के पेड़-पौधे लगे थे। दूर-दूर से लोग वहाँ आते और बागीचे की तारीफ करते।

गुलाब के पेड़ पर लगा एक पत्ता हर रोज लोगों को आते-जाते और फूलों की तारीफ करते देखता, उसे लगता कि हो सकता है, एक दिन कोई उसकी भी तारीफ करे। पर जब काफी दिन बीत जाने के बाद भी किसी ने उसकी तारीफ नहीं की तो वो काफी हीन महसूस करने लगा। उसके अंदर तरह-तरह के विचार आने लगे, 'सभी लोग गुलाब और अन्य फूलों की तारीफ करते नहीं थकते, पर मुझे कोई देखता तक नहीं। शायद मेरा जीवन किसी काम का नहीं, कहाँ ये खूबसूरत फूल और कहाँ मैं।' और यह विचार कर वो पत्ता काफी उदास रहने लगा।

दिन यूँ ही बीत रहे थे कि एक दिन जंगल में बड़ी जोर-जोर से हवा चलने लगी और देखते-देखते उसने आँधी का रूप ले लिया। बागीचे के पेड़-पौधे तहस-नहस होने लगे, सभी फूल जमीन पर गिरकर निढाल हो गए, वह पत्ता भी अपनी शाखा से अलग हो गया और उड़ते-उड़ते तालाब में जा गिरा।

पत्ते ने देखा कि उससे कुछ ही दूरी पर कहीं से एक चींटी हवा के झोंकों की वजह से तालाब में आ गिरी थी और अपनी जान बचाने के लिए संघर्ष

कर रही थी। वह प्रयास करते-करते काफी थक चुकी थी और उसे अपनी मृत्यु तय लग रही थी कि तभी पत्ते ने उसे आवाज दी, 'घबराओ नहीं नन्ही, आओ, मैं तुम्हारी मदद कर देता हूँ।'

और ऐसा कहते हुए पत्ते ने उसे अपने ऊपर बैठा लिया। आँधी रुकते-रुकते पत्ता तालाब के एक छोर पर पहुँच गया। चींटी किनारे पर पहुँचकर बहुत खुश हुई और बोली, 'आपने आज मेरी जान बचाकर बहुत बड़ा उपकार किया है, सचमुच आप महान् हैं, आपका बहुत-बहुत धन्यवाद।'

यह सुनकर पत्ता भावुक हो गया और बोला, 'धन्यवाद तो मुझे करना चाहिए, क्योंकि तुम्हारी वजह से आज पहली बार मेरा सामना मेरी काबिलियत से हुआ, जिससे मैं आज तक अनजान था। आज पहली बार मैं अपने जीवन के मकसद और अपनी ताकत को पहचान पाया हूँ ।

ईश्वर ने हम सभी को अनोखी शक्तियाँ दी हैं, कई बार हम खुद अपनी काबिलियत से अनजान होते हैं और समय आने पर हमें इसका पता चलता है, हमें इस बात को समझना चाहिए कि किसी एक काम में असफल होने का मतलब हमेशा के लिए अयोग्य होना नहीं है। खुद की काबिलियत को पहचान कर आप वह काम कर सकते हैं, जो आज तक किसी ने नहीं किया है।

□

23

चमकीला पत्थर

एक गरीब आदमी को राह चलते एक चमकीला पत्थर मिला। वास्तव में वह चमकीला पत्थर बिना तराशा हीरा था। उसकी कीमत वह गरीब आदमी जानता नहीं था। संयोग से उसी वक्त एक जौहरी उधर से गुजर रहा था। उसने वह चमकीला पत्थर गरीब के हाथ में देखा तो उसे सौ रुपए में खरीदना चाहा। जौहरी की पारखी नजरों ने उसकी सही कीमत पहचान ली थी।

उस गरीब को थोड़ा संदेह हुआ कि जौहरी इस पत्थर की इतनी कीमत क्यों दे रहा है। तो उसने उस पत्थर को सौ रुपए में बेचने से इनकार कर दिया। उसने जौहरी से कहा कि वो उसके पाँच सौ लेगा।

जौहरी ने गरीब से कहा, 'मूर्ख, इस सड़े पत्थर के पाँच सौ कौन देगा। चल चार सौ में दे दे।'

गरीब ने सोचा कि चलो ये भी फायदे का सौदा है तो उसने हामी भर दी। परंतु जब जौहरी ने अपनी जेब टटोली तो उसमें सिर्फ तीन सौ निकले। जौहरी ने गरीब से कहा कि वो इंतजार करे, जल्दी ही मैं बाकी रुपए लेकर लौटता हूँ।

और जब जौहरी पूरे पैसे लेकर वापस आया तो उसने देखा कि गरीब के हाथ में चमकीले पत्थर की जगह रुपए थे। जौहरी ने गरीब से पूछा कि माजरा क्या है।

गरीब ने जौहरी को बताया कि उस पत्थर की सही कीमत तुम लगा ही नहीं रहे थे। उसकी असली कीमत तो उस दूसरे जौहरी ने लगाई और मुझे पूरे हजार रुपए दिए।

इस पर वह जौहरी झल्लाया और बोला, 'मूर्ख, उस पत्थर की असली कीमत लाख रुपए थी। तुम्हें तो वो हजार रुपए में मूर्ख बना गया।'

'मूर्ख तो तुम बन गए,' गरीब आगे बोला, 'तुम तो मुझे चार सौ रुपल्ली में मूर्ख बनाने चले थे कि नहीं? और मैंने तुम्हें मूर्ख बना दिया।'

□

24

लँगड़ा पैर

चार मित्रों का रुई का साझा कारोबार था। उनके पास एक भंडार गृह था, जिसमें रुई की गाँठें रखी रहती थीं। भंडार गृह में रुई की गाँठों को चूहे कुतरते रहते थे, जिससे उन्हें अच्छा-खासा नुकसान सहना पड़ता था। चारों मित्रों ने सोच-विचार कर एक बिल्ली पाल ली।

बिल्ली की वजह से चूहों की समस्या से छुटकारा मिल गया। जल्द ही बिल्ली चारों मित्रों की चहेती बन गई। चारों ने एक दिन मजाक में यह करार कर लिया कि बिल्ली की चारों टाँगें वे आपस में बाँट लेते हैं। ऐसा सोचकर हरेक ने उस बिल्ली की चारों टाँगों में अपनी-अपनी पसंद के सोने के घुंघरू बाँध दिए।

बिल्ली अपने घुँघरू से आवाज निकालते हुए इधर-उधर उछल-कूद मचाती रहती। एक दिन बिल्ली के एक पैर में चोट लग गई और वह लँगड़ाने लगी। जिस मित्र के हिस्से की टाँग थी, उसने उस पैर में पट्टी बाँध दी, ताकि बिल्ली जल्दी ठीक हो जाए।

बिल्ली की उछल-कूद से पट्टी जल्दी ही ढीली हो गई, उसका एक सिरा खुल गया और जमीन से घिसटने लगा।

संयोगवश, एक शाम जब चारों मित्र भंडार में आरती कर रहे थे तो बिल्ली ने ऊपर से छलाँग लगाई। बिल्ली के पैर में बँधी पट्टी का खुला

सिरा जलते दीपक की लौ पर पड़ा और उसमें आग लग गई। इस कारण वहाँ रखी रुई की गाँठों में आग लग गई। इससे बिल्ली घबरा गई और उछल-कूद मचाने लगी। देखते-ही-देखते पूरा रुई का गोदाम खाक में बदल गया।

अब मित्रों ने बिल्ली को लेकर आपस में एक-दूसरे को भला-बुरा कहना शुरू कर दिया। बात यहाँ तक आ गई कि लँगड़ी टाँग का मालिक बाकी तीन मित्रों को हर्जाना दे, क्योंकि उस टाँग की पट्टी के कारण ही आग लगी थी।

बात बढ़ती गई और न्यायाधीश के सामने निराकरण के लिए पहुँची। न्यायाधीश ने दोनों पक्षों की दलील सुनी और निर्णय दिया, 'यह सच है कि बिल्ली के लँगड़े पैर में बँधी पट्टी में आग लगी थी, परंतु बिल्ली ने इस आग को फैलाने में अपने बाकी तीन अच्छे पैरों का प्रयोग किया। अत: इन अच्छे पैरों के मालिक लँगड़े पैर के मालिक को हर्जाना दें।'

□

25

भीतर ज्ञान

एक बुद्धिमान व्यक्ति को पहाड़ों में घूमते-घूमते एक कीमती पत्थर मिला तो उसने उसे अपने थैले में रख लिया। कुछ समय पश्चात् आगे जाने पर उसे एक भूखा-प्यासा यात्री मिला। उस बुद्धिमान व्यक्ति ने भोजन से भरे अपने थैले का मुँह उस भूखे-प्यासे यात्री की ओर कर दिया। खाना खाते-खाते यात्री ने थैले में रखा कीमती पत्थर भी देख लिया।

पत्थर को देख उस यात्री के मन में लालच जागा और उसने बुद्धिमान व्यक्ति से पूछा कि क्या वह उस पत्थर को ले सकता है। बिना कोई दूसरा विचार किए, उस बुद्धिमान व्यक्ति ने वह पत्थर यात्री को दे दिया। वह यात्री बेहद प्रसन्न होकर चला गया। परंतु कोई दो-एक घंटे बाद ही वह यात्री वापस उस बुद्धिमान व्यक्ति के पास आया और वह कीमती पत्थर वापस करते हुए बोला, 'मैं इस कीमती पत्थर को ले जाते समय बेहद प्रसन्न था। परंतु मैं सोचने लगा कि इतने कीमती पत्थर को आपने मुझे आसानी से बिना किसी फल-प्रतिफल या आशा-प्रत्याशा में दे दिया। तो अब आप मुझे अपने पास का वह ज्ञान दे दें, जिसने आप के भीतर यह क्षमता प्रदान की है।'

□

26

जाके काम, उसे सुहावै

बनारस में एक धोबी रहता था। उसके पास एक गधा और एक कुत्ता था। गधा धोबी के कपड़े घाट से लाने, ले जाने का काम करता था। कुत्ता रात के वक्त पहरा दिया करता था और भौंक-भौंक कर चोरों को डराकर भगाया करता था।

परंतु धोबी सोचता था कि कुत्ता नाहक ही भौंका करता है, इसीलिए वह कुत्ते को बासी रोटी के टुकड़े डालता था। जाड़े की एक अँधेरी रात को धोबी के घर में एक चोर घुस आया। गधा और कुत्ता दोनों ही जाग रहे थे। आम दिनों की तरह कुत्ते ने कोई प्रतिक्रिया नहीं दी। गधा कुत्ते से बोला, 'क्यों भाई कुत्ते, मालिक के घर में चोर घुसा है और तुम चुपचाप पड़े हो। भौंक कर मालिक को जगाते और चोर को भगाते क्यों नहीं हो।'

कुत्ता बोला, 'चुप न रहूँ तो क्या करूँ। जिंदगी भर रात-रात जाग कर पहरा देता हूँ, तब भी मालिक मुझे क्या देता है, ठीक से खाने को भी नहीं। आज जब चोर सारा सामान चोरी कर लेगा, तब उसे पता चलेगा कि मेरी अहमियत क्या थी।' गधे को कुत्ते की बात नागवार गुजरी। उसने कहा कि वह मालिक की ऐसी हानि नहीं होने देगा। उसने कुत्ते से कहा, भले ही तुम भौंक कर न जगाओ, मैं रेंक-रेंक कर मालिक को जगाता हूँ और चोरों को भगाता हूँ। ऐसा कहकर गधा अपनी पूरी ताकत से रेंकने लगा।

गधे की जानलेवा रेंक सुनकर चोर तो नौ-दो-ग्यारह हो गए, परंतु मालिक की नींद गधे के इस कोलाहल से टूट गई। उसे यह जरा भी इलहाम नहीं था कि गधा चोरों को भगाने के लिए रेंक रहा था। मालिक को लगा कि गधा शैतानियत से नाहक बिल-बिलाकर उसके आराम में खलल डाल रहा है। इसीलिए उसने एक मोटे से डंडे से गधे की तबीयत से धुनाई कर दी। उस अधमरे गधे की गति यह दरशाती है कि जिसका जो काम है, वह काम उसी को करना चाहिए। इसके विरुद्ध आचरण करने से दुःख का भागी बनना पड़ता है।

□

27

क्रोध से नुकसान

अहम् नामक व्यक्ति को बहुत गुस्सा आता था। वह जरा-जरा सी बात पर क्रोधित हो जाता था। वह उच्च शिक्षित और उच्च पद पर आसीन था। उसके क्रोध को देखकर एक सज्जन ने उसे सुदर्शन नामक ऋषि के आश्रम में जाने को कहा। अहम् ने उस सज्जन की यह बात सुनते ही उसे गुस्से से घूरा और बोला, 'मैं क्या पागल हूँ, जो सुदर्शन ऋषि के आश्रम में जाऊँ? मैं तो सर्वश्रेष्ठ हूँ और मेरे आगे कोई कुछ नहीं है।'

उसकी इस बात को सुनकर सज्जन वहाँ से चला गया। धीरे-धीरे सभी अहम् से दूर-दूर रहने लगे। उसे भी इस बात का एहसास हो गया था। एक दिन वह बेहद क्रोध में सुदर्शन ऋषि के आश्रम में जा पहुँचा। सुदर्शन ऋषि ने अहम् के क्रोध के बारे में सुन रखा था। उन्होंने उसके क्रोध को दूर करने की मन में ठानी। वह जान-बूझकर बोले, 'कहो नौजवान कैसे हो? तुम्हें देखकर तो प्रतीत होता है कि तुममें दुर्गुण-ही-दुर्गुण भरे हुए हैं।'

सुदर्शन ऋषि की बात सुनकर अहम् को बेहद क्रोध आया। क्रोध में उसकी मुट्ठियाँ भिंच गईं और वह दाँत पीसते हुए सुदर्शन ऋषि के साथ सबको अनाप-शनाप बकने लगा। क्रोध में उसकी उल्टी-सीधी बातें सुनकर आश्रम में अनेक लोग एकत्रित हो गए, किंतु किसी ने भी उसे कुछ नहीं कहा। बोल-बोलकर जब वह थक गया तो चुपचाप नीचे बैठ गया।

बेवजह क्रोध में बोलकर उसका सिर दर्द हो गया था और गला भी सूख गया था। उसकी ऐसी स्थिति देखकर सुदर्शन ऋषि बोले, 'कहो नौजवान, क्रोध ने तुम्हारे सिवाय किसी और का अहित किया है? सभी दुर्गुण पहले स्वयं को विनाश के कगार पर लेकर आते हैं। तुम्हारे क्रोध ने तुमको सबसे दूर कर दिया है, जबकि तुम अत्यंत ज्ञानी एवं शिक्षित व्यक्ति हो।'

ऋषि की सारी बातें अहम् ने सुनी और उसे अपनी गलती का पश्चात्ताप हुआ। उसने उसी दिन से अपने व्यक्तित्व में से क्रोध को दूर करने का निश्चय कर लिया।

□

28

ईर्ष्या का बोझ

एक बार एक गुरु ने अपने सभी शिष्यों से अनुरोध किया कि वे कल प्रवचन में आते समय अपने साथ एक थैली में बड़े-बड़े आलू साथ लेकर आएँ। उन आलुओं पर उस व्यक्ति का नाम लिखा होना चाहिए, जिनसे वे ईर्ष्या करते हैं। जो शिष्य जितने व्यक्तियों से ईर्ष्या करता है, वह उतने आलू लेकर आए।

अगले दिन सभी शिष्य आलू लेकर आए। किसी के पास चार आलू थे तो किसी के पास छह। गुरु ने कहा कि अगले सात दिनों तक ये आलू वे अपने साथ रखें। जहाँ भी जाएँ, खाते-पीते, सोते-जागते, ये आलू सदैव साथ रहने चाहिए। शिष्यों को कुछ समझ में नहीं आया, लेकिन वे क्या करते, गुरु का आदेश था। दो-चार दिनों के बाद ही शिष्य आलुओं की बदबू से परेशान हो गए। जैसे-तैसे उन्होंने सात दिन बिताए और गुरु के पास पहुँचे।

गुरु ने कहा, 'यह सब मैंने आपको शिक्षा देने के लिए किया था।

जब मात्र सात दिनों में आपको ये आलू बोझ लगने लगे, तब सोचिए कि आप जिन व्यक्तियों से ईर्ष्या करते हैं, उनका कितना बोझ आपके मन पर रहता होगा। यह ईर्ष्या आपके मन पर अनावश्यक बोझ डालती है, जिसके कारण आपके मन में भी बदबू भर जाती है, ठीक इन आलूओं की तरह, इसलिए अपने मन से गलत भावनाओं को निकाल दो, यदि किसी से प्यार

नहीं कर सकते तो कम-से-कम नफरत तो मत करो। इससे आपका मन स्वच्छ और हल्का रहेगा।'

यह सुनकर सभी शिष्यों ने आलुओं के साथ-साथ अपने मन से ईर्ष्या को भी निकाल फेंका।

□

29

दो घड़ी धर्म की

एक नगर में एक धनवान सेठ रहता था। अपने व्यापार के सिलसिले में उसका बाहर आना-जाना लगा रहता था। एक बार वह परदेस से लौट रहा था। साथ में धन था, इसलिए तीन-चार पहरेदार भी साथ ले लिये। लेकिन जब वह अपने नगर के नजदीक पहुँचा तो सोचा कि अब क्या डर। इन पहरेदारों को यदि घर ले जाऊँगा तो भोजन कराना पड़ेगा। अच्छा होगा, यहीं से विदा कर दूँ। उसने पहरेदारों को वापस भेज दिया।

दुर्भाग्य देखिए कि वह कुछ ही कदम आगे बढ़ा कि अचानक डाकुओं ने उसे घेर लिया। डाकुओं को देखकर सेठ का कलेजा हाथ में आ गया। सोचने लगा, ऐसा अंदेशा होता तो पहरेदारों को क्यों छोड़ता? आज तो बिना मौत मरना पड़ेगा। डाकू सेठ से उसका माल-असबाब छीनने लगे। तभी उन डाकुओं में से दो को सेठ ने पहचान लिया। वे दोनों कभी सेठ की दुकान पर काम कर चुके थे। उनका नाम लेकर सेठ बोला, 'अरे! तुम कलुआ-बलुआ हो क्या?' अपना नाम सुनकर उन दोनों ने भी सेठ को ध्यानपूर्वक देखा। उन्होंने भी सेठ को पहचान लिया। उन्हें लगा, इनके यहाँ पहले नौकरी की थी, इनका नमक खाया है। इनको लूटना ठीक नहीं है।

उन्होंने अपने बाकी साथियों से कहा, 'भाई, इन्हें मत लूटो, ये हमारे पुराने सेठजी हैं।' यह सुनकर डाकुओं ने सेठ को लूटना बंद कर दिया। दोनों

डाकुओं ने कहा, 'सेठजी, अब आप आराम से घर जाइए, आप पर कोई हाथ नहीं डालेगा।' सेठ सुरक्षित घर पहुँच गया। लेकिन मन-ही-मन सोचने लगा, दो लोगों की पहचान से साठ डाकुओं का खतरा टल गया। धन भी बच गया, जान भी बच गई। इस रात और दिन में भी साठ घड़ी होती हैं, अगर दो घड़ी भी अच्छे काम किए जाएँ तो अठावन घड़ियों का दुष्प्रभाव दूर हो सकता है। इसलिए अठावन घड़ी कर्म की और दो घड़ी धर्म की। इस कहावत को ध्यान में रखते हुए, अब मैं हर रोज दो घड़ी भलाई का काम अवश्य करूँगा।

□

30

आखिरी पत्थर

एक युवक को मुँह अँधेरे किसी दूसरे नगर में जाना था। समय का भ्रम होने से वह घर से थोड़ा पहले निकल गया। रास्ते में एक नदी पड़ती थी। तय समय से यदि वह घर से निकलता तो सूर्योदय पर नदी तक पहुँच जाता, जिससे उसे नदी पार करने में सहूलियत होती। मगर चूँकि वह जल्दी निकल गया था, अत: अभी भी घनघोर अँधेरा था। युवक ने सूर्योदय तक का समय नदी के किनारे काटने का निश्चय किया। वह बैठने के लिए एक चट्टान तलाशने लगा। इतने में उसके पैर से कोई चीज टकराई। उसने टटोला तो पाया कि वह एक थैला था। थैले के अंदर उसे लगा कि किसी ने पत्थरों के छोटे-छोटे टुकड़े जमा कर रखे हैं। उसने बेध्यानी में थैला हाथ में ले लिया।

उसे नदी के किनारे पर ही बैठने लायक एक चट्टान मिल गई। नदी की कल-कल धारा बह रही थी और वातावरण में सुमधुर संगीत की रचना कर रही थी। युवक ने थैले से एक पत्थर निकाला और नदी की धारा में उछाल दिया। छप की आवाज हुई और वो देर तक गूँजती रही। युवक ने दूसरा पत्थर थैले से निकाला और नदी की धारा में उछाल दिया। फिर से छप की आवाज हुई और एक नया संगीत बज उठा। युवक ने थैले के पत्थरों से देर तक संगीत की रचना की।

इतने में यकायक क्षितिज में सूर्य की किरणें चमकने लगीं। युवक के

हाथ में थैले का आखिरी पत्थर था। वह उसे नदी की ओर उछालने ही वाला था कि एक चमकीली रोशनी उसके आँखों में पड़ी। वह रोशनी उसके हाथ में रखे पत्थर से परावर्तित होकर आ रही थी। उसके हाथ में हीरा था, जो सूर्य के प्रकाश से दमकने लगा था। युवक ने अपना माथा पकड़ लिया। तो वह अब तक थैले में भरी सामग्री को पत्थरों के टुकड़े समझकर फेंक रहा था। हम क्षणिक आनंद की खातिर अपना बहुत सा जीवन इसी प्रकार गँवा देते हैं और तभी उसके महत्त्व को समझ पाते हैं, जब जीवन का क्षीणांश बचता है।'

□

31

देने की आदत

एक भिखारी सुबह-सुबह भीख माँगने निकला। चलते समय उसने अपनी झोली में जौ के मुट्ठी भर दाने डाल लिये। टोटके या अंधविश्वास के कारण भिक्षाटन के लिए निकलते समय भिखारी अपनी झोली खाली नहीं रखते। थैली देखकर दूसरों को लगता है कि इसे पहले से किसी ने दे रखा है। पूर्णिमा का दिन था, भिखारी सोच रहा था कि आज ईश्वर की कृपा होगी तो मेरी यह झोली शाम से पहले ही भर जाएगी।

अचानक सामने से राजपथ पर उसी देश के राजा की सवारी आती दिखाई दी। भिखारी खुश हो गया। उसने सोचा, राजा के दर्शन और उनसे मिलनेवाले दान से सारे दरिद्र दूर हो जाएँगे, जीवन सँवर जाएगा।

जैसे-जैसे राजा की सवारी निकट आती गई, भिखारी की कल्पना और उत्तेजना भी बढ़ती गई। जैसे ही राजा का रथ भिखारी के निकट आया, राजा ने अपना रथ रुकवाया, उतरकर उसके निकट पहुँचे। भिखारी की तो मानो साँसें ही रुकने लगीं। लेकिन राजा ने उसे कुछ देने के बदले उल्टे अपनी बहुमूल्य चादर उसके सामने फैला दी और भीख की याचना करने लगा।

भिखारी को समझ नहीं आ रहा था कि क्या करे। अभी वह सोच ही रहा था कि राजा ने पुनः याचना की। भिखारी ने अपनी झोली में हाथ डाला, मगर हमेशा दूसरों से लेनेवाला मन देने को राजी नहीं हो रहा था। जैसे-तैसे

उसने दो दाने जौ के निकाले और उन्हें राजा की चादर पर डाल दिया।

उस दिन भिखारी को रोज से अधिक भीख मिली, मगर वे दो दाने देने का मलाल उसे सारे दिन रहा। शाम को जब उसने झोली पलटी तो उसके आश्चर्य की सीमा न रही। जो जौ वह ले गया था, उसके दो दाने सोने के हो गए थे। उसे समझ में आया कि यह दान की ही महिमा के कारण हुआ है। वह पछताया कि काश, उस समय राजा को और अधिक जौ दी होती, लेकिन नहीं दे सका, क्योंकि देने की आदत जो नहीं थी।

□

32

सही कीमत

एक बार लोहे की दुकान में अपने पिता के साथ काम कर रहे एक बालक ने अचानक ही अपने पिता से पूछा, 'पिताजी, इस दुनिया में मनुष्य की क्या कीमत होती है ?'

पिता एक छोटे से बच्चे से ऐसा गंभीर सवाल सुनकर हैरान रह गए। फिर बोले, 'बेटे, एक मनुष्य की कीमत आँकना बहुत मुश्किल है, वो तो अनमोल है।'

बालक—'क्या सभी उतने ही कीमती और महत्त्वपूर्ण हैं ?'

पिता—'हाँ बेटे।'

बालक कुछ समझा नहीं, उसने फिर सवाल किया—'तो फिर इस दुनिया में कोई गरीब तो कोई अमीर क्यों है ? किसी का कम आदर तो किसी का ज यादा क्यों होता है ?'

सवाल सुनकर पिता कुछ देर तक शांत रहे और फिर बालक से गोदाम में पड़ा एक सरिया लाने को कहा।

सरिया लाते ही पिता ने पूछा—'इसकी क्या कीमत होगी ?'

बालक—'50 रुपए।'

पिता—'अगर मैं इसके बहुत से छोटे-छोटे कील बना दूँ तो इसकी क्या कीमत हो जाएगी ?'

बालक कुछ देर सोचकर बोला—'तब तो ये और महँगा बिकेगा। लगभग 200 रुपए का।'

पिता—'अगर मैं इस लोहे से घड़ी के बहुत सारे स्प्रिंग बना दूँ तो?'

बालक कुछ देर गणना करता रहा और फिर एकदम से उत्साहित होकर बोला—'तब तो इसकी कीमत बहुत ज्यादा हो जाएगी।'

फिर पिता उसे समझाते हुए बोले—'ठीक इसी तरह मनुष्य की कीमत इसमें नहीं है कि अभी वो क्या है, बल्कि इसमें है कि वो अपने आप को क्या बना सकता है।'

बालक अपने पिता की बात समझ चुका था। हम अपनी सही कीमत आँकने में अकसर गलती कर देते हैं।

□

33

मन में झाँको

एक बार की बात है, किसी शहर में एक सेठ रहता था। अत्यधिक धनी होने पर भी वह हमेशा दु:खी ही रहता था। एक दिन ज्यादा परेशान होकर वह एक ऋषि के पास गया और अपनी सारी समस्या ऋषि को बताई। उन्होंने सेठ की बात ध्यान से सुनी और कहा कि कल तुम इसी वक्त फिर से मेरे पास आना, मैं कल ही तुम्हें तुम्हारी सारी समस्याओं का हल बता दूँगा ।

सेठ खुशी-खुशी घर गया और अगले दिन जब फिर से ऋषि के पास आया तो उसने देखा कि ऋषि जमीन पर कुछ ढूँढ़ने में व्यस्त थे। सेठ ने पूछा, 'महर्षि, आप क्या ढूँढ़ रहे हैं ?'

ऋषि बोले, 'मेरी एक अँगूठी गिर गई है, मैं वही ढूँढ़ रहा हूँ, पर काफी देर हो गई है; लेकिन अँगूठी मिल ही नहीं रही है।'

यह सुनकर वह सेठ भी अँगूठी ढूँढ़ने में लग गया। जब काफी देर हो गई तो सेठ ने फिर गुरुजी से पूछा कि आपकी अँगूठी कहाँ गिरी थी। ऋषि ने जवाब दिया, 'अँगूठी मेरे आश्रम में गिरी थी, पर वहाँ काफी अँधेरा है, इसीलिए मैं यहाँ बाहर आकर ढूँढ़ रहा हूँ।'

सेठ ने चौंकते हुए पूछा, 'जब आपकी अँगूठी आश्रम में गिरी है तो यहाँ क्यूँ ढूँढ़ रहे हैं ?'

ऋषि ने मुसकराते हुए कहा, 'यही तुम्हारे कल के प्रश्न का उत्तर है। खुशी तो मन में छुपी है, लेकिन तुम उसे धन में खोजने की कोशिश कर रहे हो। इसीलिए तुम दु:खी हो, यह सुनकर सेठ ऋषि के पैरों में गिर गया।'

□

34

सेवाभक्ति

सब सुख-साधनों से अनजान मनोहर अपने माता-पिता की सेवा करता रहा। एक दिन उसकी सेवाभक्ति से खुश होकर भगवान् धरती पर आ गए। उस वक्त मनोहर अपनी माँ के पाँव दबा रहा था। भगवान् दरवाजे के बाहर से बोले, 'दरवाजा खोलो बेटा, मैं तुम्हारी माता-पिता की सेवा से प्रसन्न होकर तुम्हें वरदान देने आया हूँ।'

मनोहर ने कहा, 'इंतजार करो प्रभु, मैं माँ की सेवा में लगा हूँ।'

भगवान् बोले, 'देखो, मैं वापस चला जाऊँगा।'

'आप जा सकते हैं भगवान्, मैं सेवा बीच में नहीं छोड़ सकता।'

कुछ देर बाद उसने दरवाजा खोला, भगवान् बाहर खड़े थे। बोले, 'लोग मुझे पाने के लिए कठोर तपस्या करते हैं, मैं तुम्हें सहज में मिल गया और तुमने मुझे प्रतीक्षा करवाई।'

मनोहर ने जवाब दिया, 'हे ईश्वर, जिस माँ-बाप की सेवा ने आपको मेरे पास आने को मजबूर कर दिया, उन माँ-बाप की सेवा बीच में छोड़कर मैं दरवाजा खोलने कैसे आता?'

□

35

शुभचिंतक

एक राजा बड़ा सरल और नेक दिल का था। उसके प्रशंसक और भक्त बनकर अनेक लोग राजदरबार में पहुँचते और कुछ ठग कर ले जाते। एक से दूसरे को खबर लगी। चर्चा फैली। कुछ-न-कुछ लाभ उठाने की इच्छा से अनगिनत लोग राजा के प्रशंसक और शुभचिंतक बनकर दरबार में पहुँचने लगे।

इस बढ़ती भीड़ को देखकर राजा स्वयं हैरान रहने लगा। एक दिन उसने विचारा कि इतने लोग सच्चे शुभचिंतक नहीं हो सकते। इनमें से असली और नकली की परख करनी चाहिए। राजा ने पुरोहित से परामर्श करके दूसरे दिन बीमार होने का बहाना बना लिया और घोषणा करा दी कि पाँच व्यक्तियों का रक्त मिलने से रोग की चिकित्सा हो सकेगी। रोग ऐसा भयंकर है कि इसके अतिरिक्त और कोई इलाज नहीं। सो जो राजा के शुभचिंतक हों, अपना प्राणदान देने के लिए उपस्थित हों।

घोषणा सुनकर राज्य भर में हलचल मच गई। एक-से-एक बढ़कर अपने को शुभचिंतक बतानेवालों में से एक भी दरबार में नहीं पहुँचा।

राजा और उसके पुरोहित दोनों ही बैठकर हुए असली-नकली की परीक्षा के इस खेल पर विनोद करने लगे। पुरोहित ने कहा, 'राजन, हमारी ही तरह परमात्मा भी अपने सच्चे-झूठे भक्तों की परीक्षा लेता रहता है। परमात्मा का प्रयोजन पूरा करनेवाले सच्चे भक्त संसार में नहीं के बराबर दिखते हैं, जबकि

उससे कुछ याचना करनेवाले स्वार्थियों की भीड़ सदा ही उसके दरबार में लगी रहती है।'

ऋण

एक राजा बड़ा न्यायप्रिय था। वह अपनी प्रजा के दुःख-दर्द में शामिल होने की हरसंभव कोशिश करता था। प्रजा भी उसका बहुत आदर करती थी। एक दिन वह जंगल में शिकार के लिए जा रहा था। रास्ते में उसने एक वृद्ध को एक छोटा सा पौधा लगाते देखा।

राजा ने उसके पास जाकर कहा, 'यह आप किस चीज का पौधा लगा रहे हैं?'

वृद्ध ने धीमे स्वर में कहा, 'अखरोट का।'

राजा ने हिसाब लगाया कि उसके बड़े होने और उस पर फल आने में कितना समय लगेगा। हिसाब लगाकर उसने अचरज से वृद्ध की ओर देखा। फिर बोला, 'सुनो भाई, इस पौधे के बड़े होने और उस पर फल आने में कई साल लग जाएँगे, तब तक तुम तो रहोगे नहीं।'

वृद्ध ने राजा की ओर देखा। राजा की आँखों में मायूसी थी। उसे लग रहा था कि वृद्ध ऐसा काम कर रहा है, जिसका फल उसे नहीं मिलेगा।

वृद्ध राजा के मन के विचार को ताड़ गया। उसने राजा से कहा, 'आप सोच रहे होंगे कि मैं पागलपन का काम कर रहा हूँ। जिस चीज से आदमी को फायदा नहीं पहुँचता, उस पर कौन मेहनत करता है, लेकिन यह भी सोचिए कि इस बूढ़े ने दूसरों की मेहनत का कितना फायदा उठाया है? दूसरों के लगाए पेड़ों के कितने फल अपनी जिंदगी में खाएँ हैं। क्या उस ऋण को उतारने के लिए मुझे कुछ नहीं करना चाहिए? क्या मुझे इस भावना से पेड़ नहीं लगाने चाहिए कि उनसे फल दूसरे लोग खा सकें?'

बूढ़े की बात सुनकर राजा ने भी निश्चय किया कि वह प्रतिदिन एक पौधा लगाएगा।

□

36

यकीन

एक आदमी कहीं से गुजर रहा था, तभी उसने सड़क के किनारे बँधे हाथियों को देखा और अचानक रुक गया। उसने देखा कि हाथियों के अगले पैर में एक रस्सी बँधी हुई है। उसे इस बात का बड़ा अचरज हुआ कि हाथी जैसे विशालकाय जीव लोहे की जंजीरों की जगह बस एक छोटी सी रस्सी से बँधे हुए हैं।

ये स्पष्ट था कि हाथी जब चाहते, तब अपने बंधन तोड़ कर कहीं भी जा सकते थे, पर किसी वजह से वो ऐसा नहीं कर रहे थे। उसने पास खड़े महावत से पूछा, 'भला ये हाथी किस प्रकार इतनी शांति से खड़े हैं और भागने का प्रयास नहीं कर रहे हैं? 'इन हाथियों को छोटी सी इन रस्सियों से बाँधा जाता है। क्या इनके पास इतनी शक्ति भी नहीं होती कि इस बंधन को तोड़ सकें?'

तब महावत ने कहा, 'बचपन में बार-बार प्रयास करने पर भी रस्सी न तोड़ पाने के कारण इन्हें धीरे-धीरे यकीन हो जाता है कि वे इन रस्सियों को नहीं तोड़ सकते और बड़े होने पर भी उनका ये यकीन बना रहता है, इसलिए वे कभी इसे तोड़ने का प्रयास ही नहीं करते।'

आदमी आश्चर्य में पड़ गया कि ये ताकतवर जानवर सिर्फ इसलिए अपना बंधन नहीं तोड़ सकते, क्योंकि वे इस बात में यकीन करते हैं।

हममें से कितने ही लोग आरंभिक असफलता के कारण ये मान बैठते हैं कि अब हमसे ये काम हो ही नहीं सकता और अपनी ही बनाई हुई मानसिक जंजीरों में जकड़े-जकड़े पूरा जीवन गुजार देते हैं। याद रखिए, असफलता जीवन का एक हिस्सा है और निरंतर प्रयास करने से ही सफलता मिलती है। □

37
परोपकार

बहुत समय पहले की बात है। एक जौहरी की दुकान में कई आदमी काम करते थे। जौहरी का कारोबार अच्छा चलता था। दुकान में जगह कम होने की वजह से जौहरी ने एक कारीगर को दुकान के बाहर बैठा दिया। वह दुकान के बाहर ही बैठकर सोना गलाकर उसको हथौड़े से कूट-पीटकर सुंदर गहने बनाता था।

सुनार के बगल की दुकान में एक लोहार की दुकान थी। लोहार लोहे को गरम करके हथौड़े से जोर-जोर से पीटकर लोहे के औजार बनाया करता था। एक दिन जब सुनार का कारीगर सोने को गला रहा था तो उसमें से सोने का एक कण उछलकर गरम लोहे के कण के साथ जा मिला। सोने के कण ने देखा कि लोहे के कण बहुत उदास हैं। उसने पूछा, 'क्यूँ भाई इतने उदास क्यूँ हो?'

लोहे के कण ने जवाब दिया, 'तुम्हें तो कोई और पीटता है। हमें तो हमारे ही अपने सगे जोर-जोर से पीटते रहते हैं। अपनों के पीटे जाने पर कुछ अधिक ही दर्द होता है।'

इस पर सोने के कण ने जवाब दिया, 'हम लोगों को खुश होना चाहिए कि वे हमें पीटकर एक सुंदर आकर भी तो देते हैं, जिससे हम लोगों के काम आ सकते हैं। आप लोगों को तो और भी खुश होना चाहिए, क्योंकि आप

के अपने ही तो आप का भविष्य बना रहे हैं। भविष्य बनाने में थोड़ी-बहुत परेशानी तो उठानी ही पड़ती है, इसमें उदासी कैसी। दूसरों के काम आने के लिए अगर हमें थोड़ी-बहुत तकलीफ भी उठानी पड़े तो खुश होकर उठानी चाहिए।'

□

38

दोस्ती का फर्ज

एक जंगल में एक बाघ रहता था। उसका एक बच्चा भी था। दोनों एक साथ रहते थे। बाघ दिन में शिकार करने जंगल में चला जाता था, पर बच्चा अपनी माँद के आस-पास ही रहता था।

उस जंगल में एक गाय भी रहती थी। उसका भी एक बछड़ा था। गाय भी दिन में चरने चली जाती थी। बछड़ा आस-पास ही रहता था। एक दिन गाय के बछड़े को बाघ का बच्चा दिखाई दिया, वह डर गया और छुप गया। शाम को जब उसकी माँ आई तो वह बाहर आया। अपनी माँ का दूध पीकर बछड़ा खेलने लगा। उसे माँ का आसरा मिल गया।

अगले दिन फिर से गाय और बाघ जंगल की ओर चले गए, दोनों के बच्चे अपनी-अपनी जगह खेलने लगे। बाघ के बच्चे की नजर गाय के बछड़े पर पड़ गई। वह उसकी ओर दोस्ती के लिए बढ़ा। गाय का बछड़ा पहले तो डर गया, पर बाघ के बच्चे के कहने पर वह रुक गया। बाघ के बच्चे ने गाय के बछड़े को कहा कि हम दोस्ती कर लेते हैं।

गाय के बछड़े ने जवाब दिया कि तुम लोग मांसाहारी हो, हम लोग शाकाहारी, तो हममें दोस्ती कैसी?

बाघ के बच्चे ने कहा कि हम लोग मांसाहारी जरूर हैं, पर तेरी-मेरी दोस्ती पक्की। जब हमारी माताएँ जंगल को चली जाती हैं, तब हम आपस में खेल लिया करेंगे।

यह सुनकर गाय के बच्चे को सुकून मिला और उसने आगे आकर बाघ के बच्चे को गले से लगा लिया। दोनों ने कसमें खाईं कि कुछ भी हो हम अपनी दोस्ती नहीं तोड़ेंगे, चाहे इसके लिए हमें अपनी माताओं से ही क्यों न लड़ना पड़े।

गाय और बाघ में तो पहले से ही दुश्मनी थी, इस बात को बच्चे जानते थे। गाय रोज अपने बछड़े के लिए दूध निकालकर रख जाती थी। एक दिन गाय ने अपने बछड़े से कहा कि जिस दिन कभी मेरे इस दूध का रंग लाल हो जाए, उस दिन समझना कि तुम्हारी माँ को किसी बाघ ने खा लिया है।

गाय के बच्चे ने अपनी माँ से कहा कि ऐसा कभी नहीं होगा।

अगले दिन वह कुछ उदास था। बाघ के बच्चे ने उससे कारण पूछा तो गाय के बछड़े ने अपनी माँ द्वारा कहे शब्द उसको बता दिए। बाघ के बच्चे ने कहा, ऐसा कभी भी नहीं होगा। और दोनों खेलने लग गए।

एक दिन बाघ की नजर गाय पर पड़ गई और उसने गाय को मारने की सोच ली। गाय रोज उससे बचकर निकल जाती थी। एक दिन बाघ गाय के रास्ते को घेर कर बैठ गया और जब गाय नजदीक आई तो उस पर हमला बोल दिया। बाघ ने गाय को मारकर खा लिया। उधर जब गाय का बछड़ा दूध पीने को गया तो उसने देखा कि दूध लाल हो गया है। वह समझ गया कि बाघ ने मेरी माँ को मार दिया है। वह बाघ के बच्चे के पास गया और उसे सारी बात बताई कि उसकी माँ ने आज मेरी माँ को मार दिया है, क्योंकि दूध का रंग लाल हो गया है।

बाघ के बच्चे ने कहा, 'अगर मेरी माँ ने तेरी माँ को मारा होगा तो मेरी माँ भी जिंदा नहीं बचेगी।' शाम को जब गाय वापस नहीं आई और बाघ वापस आ गया तो पता चल गया कि गाय को बाघ ने मार खाया है। बाघ के बच्चे ने भी अपनी माँ को मारने की सोच ली। बाघ के बच्चे ने गाय के बछड़े को कहा 'मेरी माँ ने तेरी माँ को मारकर खाया है, अब तू छुपकर देखना मैं कैसे अपनी माँ को मारता हूँ।' यह कहकर बाघ का बच्चा अपनी माँ के पास गया और उसे कहा कि वह एक ऊँची जगह पर बैठ जाए, मैं दूर से आकर उसे

छुऊँगा। ऐसा कहते हुए उसने अपनी माँ को एक टीले पर बैठा दिया और तेजी से आकर उसे धक्का दे दिया।

बाघ काफी दूर जा गिरा और उसकी मौत हो गई। इस तरह बाघ के बच्चे ने अपनी दोस्ती का फर्ज अदा किया और दोनों की दोस्ती हमेशा के लिए अटल रही।

□

39

गलत संगत

किसी शहर में एक सेठ रहता था। सेठ का एक बेटा था। सेठ के बेटे की दोस्ती कुछ ऐसे लड़कों से थी, जिनकी आदत खराब थी। बुरी संगत में रहते थे। सेठ को ये सब अच्छा नहीं लगता था। सेठ ने अपने बेटे को समझाने की बहुत कोशिश की, पर कामयाब नहीं हुआ। जब भी सेठ उसको समझाने की कोशिश करता बेटा कह देता कि मैं उनकी गलत आदतों को नहीं अपनाता। इस बात से दु:खी होकर सेठ ने अपने बेटे को सबक सिखाना चाहा।

एक दिन सेठ बाजार से कुछ सेब खरीदकर लाया। उनमें एक सेब गला हुआ था। घर आकर सेठ ने अपने लड़के को सेब देते हुए कहा, 'इनको अलमारी में रख दो कल खाएँगे। जब बेटा सेब रखने लगा तो एक सेब सड़ा हुआ देखकर सेठ से बोला, 'यह सेब तो सड़ा हुआ है।'

सेठ ने कहा, 'कोई बात नहीं कल देख लेंगे।'

दूसरे दिन सेठ ने अपने बेटे से सेब निकालने को कहा। सेठ के बेटे ने जब सेब निकाले तो आधे से जादा सेब सड़े हुए थे। सेठ के लड़के ने कहा, 'इस एक सेब ने तो बाकी सेबों को भी सड़ा दिया।'

तब सेठ ने कहा, 'यह सब संगत का असर है। बेटा इसी तरह गलत

संगत में पड़कर सही आदमी भी गलत काम करने लगता है। गलत संगत को छोड़ दो।'

बेटे की समझ में बात आ गई और उसने वादा किया कि अब वह गलत संगत में नहीं जाएगा, हमेशा अच्छी संगत में ही रहेगा।

□

40

स्वाधीन

एक कुत्ता और बाघ दोस्त बन गए। कुत्ता काफी मोटा-ताजा था और बाघ दुबला-पतला। एक दिन बाघ ने कुत्ते से कहा, 'भाई, एक बात बताओ, तुम इतने मोटे-तगड़े और बलशाली कैसे हुए? तुम रोज क्या खाते हो? मैं तो दिन-रात भोजन की खोज में घूमकर भी भरपेट नहीं खा पाता। किसी-किसी दिन तो मुझे उपवास भी करना पड़ता है। भोजन न मिल पाने के कारण ही मैं इतना कमजोर हूँ।'

कुत्ते ने कहा, 'मैं जो करता हूँ, तुम भी अगर वैसा ही कर सको तो तुम्हें भी मेरे जैसा ही भोजन मिल जाएगा।'

बाघ ने पूछा, 'तुम्हें क्या करना पड़ता है, जरा बताओ तो सही?'

कुत्ते ने कहा, 'कुछ नहीं, रात को मालिक के मकान की रखवाली करनी पड़ती है।'

बाघ बोला, 'बस इतना ही। इतना तो मैं भी कर सकता हूँ। मैं भोजन की तलाश में वन-वन भटकता हुआ धूप तथा वर्षा से बड़ा कष्ट पाता हूँ। अब और यह क्लेश नहीं सहा जाता। यदि धूप और वर्षा के समय घर में रहने को मिले और भूख के समय भरपेट खाने को मिले तब तो मेरे प्राण बच जाएँगे।'

बाघ की दुःख भरी बातें सुनकर कुत्ते ने कहा, 'तो फिर मेरे साथ आओ। मैं मालिक से कहकर तुम्हारे लिए सारी व्यवस्था करा देता हूँ।'

बाघ कुत्ते के साथ चल पड़ा। थोड़ी देर चलने के बाद बाघ को कुत्ते की

गरदन पर एक दाग दिखाई पड़ा। यह देखकर बाघ ने कुत्ते से पूछा, 'भाई, तुम्हारी गरदन पर यह कैसा दाग है?'

कुत्ता बोला, 'अरे वह कुछ भी नहीं है।'

बाघ ने कहा, 'नहीं भाई, मुझे बताओ मुझे जानने की बड़ी इच्छा हो रही है।'

कुत्ता बोला, 'गरदन में कुछ भी नहीं है, लगता है पट्टे का दाग लगा होगा।'

बाघ ने कहा, 'पट्टा क्यों?'

कुत्ते ने कहा, 'पट्टे में जंजीर फँसाकर पूरा दिन मुझे बाँधकर रखा जाता है।'

यह सुन बाघ विस्मित होकर कह उठा, 'जंजीर से बाँधकर रखा जाता है? तब तो तुम जब जहाँ जाने की इच्छा हो जा नहीं सकते?'

कुत्ता बोला, 'ऐसी बात नहीं है, दिन के समय भले ही बँधा रहता हूँ, परंतु रात के समय मुझे छोड़ दिया जाता है, तब मैं जहाँ चाहे खुशी से जा सकता हूँ। इसके अतिरिक्त मालिक के नौकर मेरी कितनी देखभाल करते हैं, अच्छा खाना देते हैं। स्नान कराते हैं। कभी-कभी मालिक भी स्नेहपूर्वक मेरे शरीर पर हाथ फेरते हैं। जरा सोचो, मैं कितने सुख में रहता हूँ।'

बाघ ने कहा, 'भाई, तुम्हारा सुख तुम्हीं को मुबारक हो, मुझे ऐसे सुख की जरूरत नहीं है। अत्यंत पराधीन होकर राजसुख भोगने की अपेक्षा स्वाधीन रहकर भूख का कष्ट उठाना हजार गुना अच्छा है। मैं अब तुम्हारे साथ नहीं जाऊँगा।' यह कहकर बाघ फिर जंगल की तरफ लौट गया।

□

41

दूध-पानी

बहुत समय पहले की बात है, एक जंगल के किनारे कुछ ग्वाले रहते थे। वे अपनी गाय-भैंसों का दूध बेचने के लिए शहर में जाया करते थे। उन ग्वालों में एक ग्वाला बहुत लालची था। वह रोज दूध बेचने जाते समय रास्ते में पड़नेवाली नदी में से दूध में पानी मिला दिया करता था।

एक दिन जब ग्वाले बाजार से अपनी बिक्री का हिसाब करके पैसे लेकर घर को आ रहे थे तो दोपहर की गरमी से तंग आकर उन्होंने नदी में नहाने का मन बनाया। सभी ग्वालों ने अपने-अपने कपड़े उतारकर एक पेड़ के नीचे रख दिए और नहाने के लिए नदी के बीच में चले गए। कुछ ही देर में पेड़ से एक बंदर उतरा और उस लालची ग्वाले के कपड़े उठाकर ले गया। उसने उसकी जेब से रुपए के सिक्कोंवाली थैली निकाली और एक-एक करके नदी में फेंकने लगा।

ग्वाला चिल्लाया और अपने कपड़े और पैसे छुड़ाने के लिए बंदर के पीछे भागा। इतनी देर में वह बंदर बहुत सारे सिक्के नदी में गिरा चुका था। लालची ग्वाला अपने भाग्य को कोसने लगा और कहने लगा कि देखो मेरी महीने की कमाई के आधे पैसे बंदर ने पानी में मिला दिए। इस पर उसके साथी ग्वालों ने कहा, 'तुमने जितने पैसे पानी मिलाकर कमाए थे, उतने पैसे

पानी में ही चले गए। पानी की कमाई पानी में।'

उस दिन से उस ग्वाले ने दूध में पानी मिलाना छोड़ दिया और ईमानदारी से दूध बेचने लगा। तभी कहते हैं, पाप की कमाई कभी फलती नहीं है। □

42

मुसीबत में दोस्त

बहुत समय पहले की बात है। किसी जंगल में एक हाथी रहता था। उसका कोई दोस्त नहीं था। एक दिन उसे जंगल के बीच में पेड़ पर एक बंदर दिखाई दिया। हाथी ने बंदर से कहा, 'बंदर भाई, मेरा कोई दोस्त नहीं है। आप मेरे साथ दोस्ती करोगे?'

बंदर ने कहा, 'आप बहुत बड़े हैं, मैं बहुत छोटा। और आप मेरी तरह पेड़ पर उछल-कूद भी नहीं सकते। इसलिए आपकी और मेरी दोस्ती नहीं हो सकती।'

अगले दिन हाथी को एक खरगोश मिला। हाथी ने खरगोश को भी दोस्त बनने के लिए कहा, पर खरगोश ने बोला, 'आप बहुत बड़े हो, मैं बहुत छोटा हूँ, आप मेरे बाड़े में भी नहीं आ सकते, इसलिए हमारी दोस्ती नहीं हो सकती।'

फिर हाथी तालाब के किनारे गया, वहाँ उसे एक मेढक मिला। हाथी ने मेढक से कहा, 'मेढक भाई, क्या तुम मुझसे दोस्ती करोगे?'

मेढक ने कहा, 'जरा अपना शरीर तो देखो, कितना बड़ा है और मैं कितना छोटा हूँ, इसलिए हमारी दोस्ती संभव नहीं है।'

अगले दिन हाथी को एक गीदड़ मिल गया। हाथी ने उससे भी दोस्ती करने के लिए कहा, पर गीदड़ ने भी दोस्ती करने से मना कर दिया। शाम

को हाथी ने देखा कि जंगल के सभी जानवर भागे जा रहे हैं। हाथी ने उनको रोककर कारण जानना चाहा। गीदड़ ने बताया कि जंगल का राजा शेर सबको मारकर खा जाना चाहता है, इसलिए सभी जानवर अपनी जान बचाने के लिए भाग रहे हैं।

हाथी ने शेर से कहा, 'तुम इस तरह सभी जानवरों के पीछे क्यों पड़े हो? सभी जानवरों को एक साथ ही मार के खा लोगे क्या?'

शेर ने हाथी से कहा, 'यह मेरी मरजी, तुम रोकनेवाले कौन होते हो?'

हाथी को यह सुनकर बहुत गुस्सा आया और उसने जोर से एक लात शेर को मार दी। शेर छिटक कर दूर जा गिरा। उसे बहुत चोट लगी। और डर के मारे शेर वहाँ से भाग गया। जब हाथी ने यह बात सभी जानवरों को बताई तो सभी बहुत खुश हुए और सभी ने हाथी को अपना दोस्त बना लिया। कहते हैं न कि दोस्त वही, जो मुसीबत में काम आए।

□

43

तिरस्कार

किसी शहर में एक धनी व्यक्ति रहता था। धनी व्यक्ति बहुत दयालु और ईश्वर भक्त था। उसका नियम था कि वह किसी अतिथि को भोजन कराए बिना खुद भोजन नहीं करता था। एक दिन उसके यहाँ कोई भी अतिथि नहीं आया। इसलिए वह खुद किसी को ढूँढ़ने निकल पड़ा। मार्ग में उसे एक बहुत वृद्ध तथा दुर्बल मनुष्य मिला। उसे भोजन का निमंत्रण देकर बड़े आदरपूर्वक वह घर ले आया। हाथ-पैर धुलवाकर उसे भोजन कराने के लिए बैठाया।

अतिथि ने भोजन सम्मुख आते ही खाने के लिए ग्रास उठाया। उसने न तो भोजन मिलने के लिए ईश्वर को धन्यवाद दिया और न ही ईश्वर की बंदगी की। धनी व्यक्ति को यह देखकर हैरानी हुई। उसने अतिथि से इसका कारण पूछा। अतिथि ने कहा, 'मैं तुम्हारे धर्म को माननेवाला नहीं हूँ, मैं अग्निपूजक हूँ। अग्नि को मैंने अभिवादन कर लिया है।'

धनी व्यक्ति को यह सुनकर बहुत गुस्सा आया और अतिथि को कहा, 'नास्तिक कहीं का। चल निकल मेरे यहाँ से।'

सेठ ने वृद्ध को उसी समय धक्के देकर घर से बाहर निकाल दिया।

उसी समय आकाशवाणी हुई कि 'धनी, जिसे इतनी उम्र तक मैं प्रतिदिन

खुराक देता रहा हूँ, उसे तुम एक समय भी नहीं खिला सके। उल्टा तुमने निमंत्रण देकर, घर बुलाकर उसका तिरस्कार किया।'

आकाशवाणी सुनकर धनी को अपने गर्व तथा व्यवहार पर अत्यंत दुःख हुआ। वह शर्म से गड़ गया।

□

44

मेढक से सीख

बहुत समय पहले की बात है। किसी जंगल में बहुत सारे खरगोश रहा करते थे। खरगोश बहुत दुर्बल और डरपोक थे। ताकतवर जानवर उन्हें देखते ही मारकर खा जाते थे। इस कारण उन्हें हमेशा अपने प्राणों के लिए शंकित रहना पड़ता था। एक दिन सभी खरगोशों ने मिलकर एक सभा बुलाई। सभा में उन्होंने निश्चय किया कि सदा भयभीत रहने की अपेक्षा प्राण त्याग देना ही अच्छा है। इसलिए जैसे भी हो, हम लोग आज ही प्राण त्याग देंगे।

ऐसी प्रतिज्ञा करने के बाद निकट के तालाब में कूदकर प्राण देने की इच्छा से सभी खरगोश वहाँ जा पहुँचे। उस तालाब के किनारे कुछ मेढक भी

बैठे हुए थे। खरगोशों के नजदीक पहुँचते ही मेढक भय से व्याकुल होकर पानी में कूद पड़े। इसे देखकर खरगोशों का नेता अपने साथियों से बोला, 'मित्रो, हमारा इतना भयभीत होना और खुद को इतना कमजोर समझना अच्छा नहीं है। आपने यहाँ आकर देखा कि कुछ प्राणी ऐसे भी हैं, जो हमसे भी अधिक दुर्बल और डरपोक हैं। हमें इससे सबक सीखना चाहिए, हमें जान देने की बजाय हालात से लड़ना चाहिए। सभी जंगल में वापस आ गए।

मनुष्य को अपनी कमजोर स्थिति के समय निराश नहीं होना चाहिए। ऐसे कई लोग मिल जाएँगे, जिनकी अवस्था हमसे भी खराब होगी।

□

45

दो तोते

बहुत समय पहले की बात है। एक गाँव में एक शिकारी रहा करता था। वह जंगल से चिड़ियों को पकड़कर लाता था और कस्बे में जाकर उन्हें बेच दिया करता। उससे जो कुछ भी मिलता, उससे अपना और अपने परिवार का पेट पालता था। एक दिन वह जंगल में घूम रहा था। उसे एक पेड़ के कोटर में तोते के दो बच्चे खेलते हुए दिखाई दिए। उसने तोते के उन बच्चों को पकड़ लिया और अगले दिन नगर में बेच दिया।

एक बच्चा एक चोर ने खरीद लिया और एक बच्चा किसी सज्जन आदमी ने। तोते के बच्चे धीरे-धीरे बड़े हो गए। उन्होंने बोलना भी सीख लिया। एक दिन नगर में राजा घूमने आया, जैसे ही राजा चोर के घर के पास आया तो तोता जोर-जोर से बोलने लगा, 'शिकार आया है, लूट लो बच के न जाने पाए।'

राजा आगे बढ़ गया, उसे आगे उस सज्जन का घर मिला। जैसे ही तोते ने राजा को देखा तो बोल पड़ा, 'नमस्तेजी, आप का स्वागत है, आप थक गए होंगे, बैठिए चाय-पानी पी कर जाएँ।'

राजा दोनों की बात सुनकर हैरान थे। कुछ समझ में नहीं आ रहा था। आगे जाने पर राजा को वही शिकारी मिल गया। राजा ने शिकारी को बुलाकर पूछा कि दोनों तोते एक समान हैं, पर दोनों की भाषा में इतना फर्क क्यों है।

बहेलिए ने बताया कि यह सब संगत का असर है। एक तोते का मालिक चोर है, जो उसके घर में होता है, वह तोते ने सीख लिया है और दूसरे तोते का मालिक एक सज्जन आदमी है, जो उसके घर में होता है, वह उसके तोते ने सीख लिया है।

□

46

अच्छा हुआ

बहुत समय पहले की बात है। एक राजा थे और उनके साथ एक मंत्री थे। उनके मंत्री की आदत थी कि वह कुछ भी होता कहते थे—'जो हुआ, अच्छा हुआ।' एक बार मंत्री का बेटा खेल रहा था, खेलते-खेलते वह नीचे गिर पड़ा उसके पैर में चोट लग गई तो मंत्री ने कहा—'जो हुआ, अच्छा हुआ।' राजा को यह सुनकर हैरानी हुई, पर उसने कुछ नहीं कहा।

कुछ समय बाद राजा तलवारबाजी का अभ्यास कर रहे थे। अचानक तलवार से राजा की एक उँगली कट गई, बहुत खून बहने लगा। आदतवश मंत्री ने फिर कह दिया, 'जो हुआ, अच्छा हुआ।'

राजा को यह सुनकर बहुत गस्सा आया, उसने अपने सैनिकों को हुक्म दिया कि मंत्री को कैद करके जेल में डाल दिया जाए।

कुछ समय बाद एक दिन राजा शिकार खेलने अकेला जंगल में चला गया और वहाँ रास्ता भटक गया। भटकते हुए वह एक आदिवासी इलाके में पहुँच गया। आदिवासियों ने राजा को बंदी बना लिया। वे अपने देवता को खुश करने के लिए नरबली देना चाहते थे। राजा की बलि देने के लिए जैसे ही तलवार उठाई गई, एक ने देखा कि राजा की एक कटी उँगली देख ली और कहा कि अंग-भंग व्यक्ति की बलि नहीं दी जा सकती। उन्होंने राजा को छोड़ दिया। राजा भटकता हुआ अपने महल में आ गया। महल में पहुँचते

ही उसने बंदी मंत्री को हाजिर करने का हुक्म दिया।

मंत्री के हाजिर होने पर राजा ने आपबीती सुनाई और कहा, 'जो हुआ, अच्छा हुआ।' मेरे लिए तो यह ठीक ही हुआ, पर आप को जो बेकसूर जेल जाना पड़ा, उसके बारे में क्या विचार है।'

मंत्री ने जवाब दिया, 'जो हुआ, अच्छा हुआ। अगर मुझे जेल में बंद न किया होता तो आप मुझे भी शिकार पर साथ लेकर जाते और आदिवासी आपको छोड़कर मेरी बलि दे देते, इसलिए जो हुआ, अच्छा हुआ।'

□

47

दंड

बहुत समय पहले की बात है, समुद्र किनारे एक टिटहरी परिवार रहता था। एक बार टिटहरी को अंडे देने थे। टिटहरी ने टिटहरे से कहा, 'हमें कोई ऐसा स्थान ढूँढ़ना चाहिए, जहाँ अंडों को सुखपूर्वक रखा जा सके।'

टिटहरे ने कहा, 'यह समुद्र तट बहुत रमणीय है, यहीं अंडे दे दो।'

इस पर टिटहरी ने कहा, 'समुद्र की ये लहरें तो बड़े-बड़े मदोन्मत्त गजराजों तक को अपने में खीच लेती हैं, फिर हम छोटे पक्षियों की क्या बिसात है।'

टिटहरे ने कहा, 'संसार में सबकी मर्यादा है, समुद्र की भी एक मर्यादा है। यदि वह इसका अतिक्रमण करके हमें छोटा समझ हमारे अंडों को बहा ले जाएगा तो उसे उसका दंड भुगतना पड़ेगा, तुम किसी बात की चिंता मत करो।'

समुद्र ने ये सब बातें सुन लीं।

टिटहरे के आश्वासन देने पर टिटहरी ने समुद्र के किनारे सुरक्षित स्थान पर अंडे दे दिए। एक दिन जब टिटहरी परिवार भोजन की खोज में कहीं बाहर चले गए तो समुद्र ने उनके अंडे चुरा लिये।

वापस लौटने पर अंडों को न देख टिटहरी रोने लगी। टिटहरे ने कहा, 'तुम चिंता मत करो, समुद्र को इसका फल भुगतना पड़ेगा।'

यह कहकर टिटहरे ने पक्षिराज गरुड़ के पास जाकर प्रार्थना की,

'महाराज, समुद्र हमें छोटा प्राणी समझकर अपमानित करता है। उसने मेरी टिटहरी के अंडों को चुरा लिया है। आप हम सभी पक्षियों के स्वामी हैं और समर्थ हैं, अतः आपको समुद्र की इस नीचता के लिए दंड देना चाहिए।'

गरुड़ ने कहा, 'टिटहरे, समुद्र को भगवान् श्रीहरि का आश्रय प्राप्त है, अतः मैं उन्हीं श्रीहरि से उसे दंड दिलाऊँगा।'

यह कहकर गरुड़ टिटहरे को श्रीहरि के पास ले गया और समुद्र द्वारा की गई नीचता की बात उनसे कही। श्रीहरि के कहने पर भयभीत समुद्र ने टिटहरी के अंडे वापस कर दिए और आगे से कभी ऐसा न करने की शपथ लेकर माफी माँगी।

किसी भी छोटे या कमजोर जीव-जंतु का भी अपमान नहीं करना चाहिए। प्रत्येक जीव में ईश्वर का वास है। उस जीव का अपमान ईश्वर का अपमान है। अपमान करनेवाले व्यक्ति को दंड का भागी बनना पड़ता है। □

48

चतुराई

किसी जंगल में एक चतुर गीदड़ रहता था। उसके चार मित्र बाघ, चूहा, भेड़िया और नेवला भी उसी जंगल में रहते थे। एक दिन चारों शिकार करने जंगल में जा रहे थे। जंगल में उन्होंने एक मोटा-ताजा हिरण देखा। उन्होंने उसे पकड़ने की कोशिश की, परंतु असफल रहे। उन्होंने मिलकर विचार किया। गीदड़ ने कहा, 'यह हिरण दौड़ने में काफी तेज है और काफी चतुर भी है। बाघ भाई, आपने इसे कई बार मारने की कोशिश की, पर सफल नहीं हो सके। अब ऐसा उपाय किया जाए कि जब वह हिरण सो रहा हो तो चूहा भाई जाकर धीरे-धीरे उसका पैर कुतर दे, जिससे उसके पैर में जख्म हो जाए। फिर आप पकड़ लीजिए तथा हम सब मिलकर इसे मौज से खाएँ।'

सबने मिल-जुलकर वैसे ही किया। जख्म के कारण हिरण तेज नहीं दौड़ पाया और मारा गया। खाने से पहले गीदड़ ने कहा, 'अब तुम लोग स्नान कर आओ, मैं इसकी देखभाल करता हूँ।'

सबके चले जाने पर गीदड़ मन-ही-मन विचार करने लगा। तब तक बाघ स्नान करके लौट आया।

गीदड़ को चिंतित देख बाघ ने पूछा, 'मेरे चतुर मित्र तुम किस उधेड़-बुन में पड़े हो? आओ आज इस हिरण को खाकर मौज मनाएँ।'

गीदड़ ने कहा, 'बाघ भाई, चूहे ने मुझसे कहा है कि बाघ के बल को धिक्कार है। हिरण तो मैंने मारा है। आज वह बलवान बाघ मेरी कमाई खाएगा। सो उसकी यह घमंड भरी बात सुनकर मैं तो अब हिरण को खाना अच्छा नहीं समझाता।'

बाघ ने कहा, 'अच्छा ये बात है। उसने तो मेरी आँखें खोल दीं। अब मैं अपने ही बलबूते पर शिकार करके खाऊँगा।'

यह कहकर बाघ चला गया। उसी समय चूहा आ गया। गीदड़ ने चूहे से कहा, 'चूहे भाई, नेवला मुझसे कह रहा था कि बाघ के काटने से हिरण के मांस में जहर मिल गया है, मैं तो इसे खाऊँगा नहीं, यदि तुम कहो तो मैं चूहे को खा जाऊँ। अब तुम जैसा ठीक समझो, करो।'

चूहा डरकर अपने बिल में घुस गया। अब भेड़िए की बारी आई। गीदड़ ने कहा, 'भेड़िया भाई। आज बाघ तुम पर बहुत नाराज है। मुझे तो तुम्हारा भला नहीं दिखाई देता। वह अभी आनेवाला है। इसलिए जो ठीक समझो करो।'

यह सुनकर भेड़िया दुम दबाकर भाग खड़ा हुआ। तब तक नेवला भी आ गया। गीदड़ ने कहा, 'देख रे नेवले। मैंने लड़कर बाघ भेड़िए और चूहे को भगा दिया है। यदि तुझे कुछ घमंड है तो आ, मुझसे लड़ ले और हिरण का मांस खा।'

नेवले ने कहा, 'जब सभी तुमसे हार गए तो मैं तुमसे लड़ने की हिम्मत कैसे करूँ?'

वह भी चला गया। अब गीदड़ अकेले ही मांस खाने लगा। इस तरह अपनी चतुराई से गीदड़ ने बाघ जैसे ताकतवर को भी मात दे दी।

□

49

कुसंगत

किसी गाँव में एक किसान रहता था। वह बहुत मेहनती था। उसके खेतों में बहुत अच्छी फसल हुआ करती थी। किसान के खेत के पास ही एक जलाशय था। उसके किनारे बहुत सारे बगुले रहा करते थे। बगुले किसान की फसल को काफी नुकसान पहुँचाया करते थे। एक दिन किसान ने बगुलों को पकड़ने के लिए अपने खेत में जाल बिछा दिया। कुछ समय बाद आकर देखा तो, बहुत सारे बगुले जाल में फँसे हुए थे। इस जाल में एक सारस

भी फँसा हुआ था। सारस ने किसान से कहा, 'किसान भाई, मैं बगुला नहीं हूँ। मैंने तुम्हारी फसल बरबाद नहीं की है। मुझे छोड़ दो। तुम विचार करके देखो कि मेरी कोई गलती नहीं है। जितने भी पक्षी हैं, मैं उन सबकी अपेक्षा अधिक धर्म-परायण हूँ। मैं कभी किसी का नुकसान नहीं करता। मैं अपने वृद्ध माता-पिता का अति सम्मान करता हूँ और विभिन्न स्थानों में जाकर प्राण-पण से उनका पालन-पोषण करता हूँ।'

इस पर किसान बोला, 'सुनो सारस, तुमने जो बातें कहीं, वे सब ठीक हैं, उन पर मुझे जरा भी संदेह नहीं है। परंतु तुम फसल बरबाद करनेवालों के साथ पकड़े गए हो, इसलिए तुम्हें भी उन्हीं लोगों के साथ सजा भोगनी होगी। इसीलिए कहते हैं कि कुसंगत का फल बुरा होता है।

□

50

एका

एक गाँव में एक किसान रहता था। किसान के चार बेटे थे। किसान अपने बेटों से बहुत दुःखी था। उसके चारों बेटे निकम्मे और निखट्टू थे। हमेशा आपस में लड़ते-झगड़ते रहते थे। किसान को इस बात का बहुत दुःख था कि उसके मरने के बाद उसके बेटों का क्या होगा, कैसे खाएँगे।

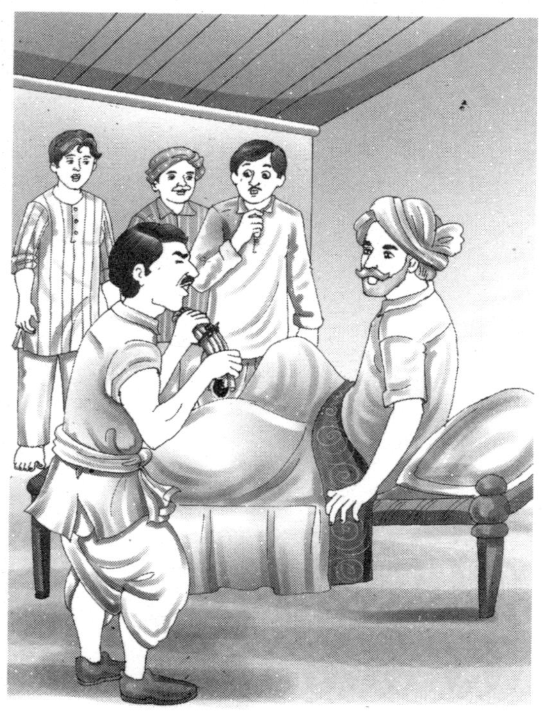

एक दिन किसान बीमार पड़ गया। उसने अपने चारों बेटों को अपने पास बुलाया और कभी भी आपस में न लड़ने की नसीहत देनी चाही। उसने

अपने बेटों से लकड़ी का गट्ठर मँगवाया। फिर बारी-बारी से गट्ठर को तोड़ने के लिए कहा, परंतु चारों में से कोई भी उस गट्ठर को तोड़ नहीं पाया। फिर किसान ने सभी लकड़ियों को अलग-अलग करने को कहा।

अलग-अलग करने के बाद चारों को एक-एक लकड़ी तोड़ने को कहा। चारों ने लकड़ी आराम से तोड़ दी। इस पर किसान ने कहा, 'जिस तरह तुम लकड़ी के गट्ठर को पूरा जोर लगाने के बाद भी नहीं तोड़ सके, पर जब वह अलग-अलग कर दी गईं तो तुमने आसानी से तोड़ दी, इसी तरह अगर तुम साथ रहो तो कोई भी तुम्हारा बाल तक बाँका नहीं कर पाएगा। और अगर तुम अलग-अलग रहे, लड़ते-झगड़ते रहे तो कोई भी तुम्हें आसानी से हरा सकता है।'

किसान के बेटों की समझ में यह बात आ गई और उन्होंने आपस में कभी न लड़ने की कसम खा ली।

□

51

चाल

किसी जंगल में एक हाथी रहता था। हाथी बहुत बड़ा और ताकतवर था। कोई भी जंगली जानवर उसके नजदीक तक नहीं फटकता था। सब जानवर उससे डरते थे। वैसे हाथी किसी जानवर को हानि नहीं पहुँचाता था। अकेला ही जंगल में घूमता रहता था। अपनी लंबी सूँड़ से ऊँचे-ऊँचे पेड़ों की टहनियों को तोड़कर खाया करता था और जंगल के बीचवाले तालाब से पानी पीकर वहीं पड़ा रहता था।

इसी जंगल में लोमड़ियों का एक झुंड भी रहता था। लोमड़ियों का झुंड भी हाथी को देखकर परेशान हो उठता था। खुलकर शिकार नहीं कर पाता था। एक बार लोमड़ियों ने एक सभा बुलाई, जिसमें उन्होंने हाथी को ठिकाने लगाने की सोची। उन्होंने सोचा कि अगर हाथी को मार गिराया तो काफी दिनों के लिए खाना भी हो जाएगा और हाथी से छुटकारा भी मिल जाएगा। पर किसी में भी इतनी हिम्मत नहीं थी कि हाथी का मुकाबला कर सके। आखिर में एक लोमड़ी ने कहा, 'हाथी को तो मैं मार सकती हूँ। अगर सभी मेरा साथ दें तो।'

सभी ने हामी भर दी।

लोमड़ी ने कहा, 'तुम देखते जाओ, मैं हाथी से कैसे निबटती हूँ।'

अगले दिन लोमड़ी सुबह-सुबह हाथी के घर पहुँची और प्रणाम किया।

हाथी ने लोमड़ी से पूछा, 'तुम कौन हो? कहाँ से आई हो? तुम्हें पहले कभी नहीं देखा?'

लोमड़ी ने कहा, 'हमारे जंगल में कोई भी राजा नहीं है। आप बहुत बड़े भी हैं और ताकतवर भी, इसलिए सभी जंगल के जानवरों ने फैसला किया है कि आपको ही जंगल का राजा बनाया जाए। राजा बनाने की बात सुनकर हाथी बहुत खुश हुआ। हाथी को खुश देखकर लोमड़ी ने कहा, 'राजा बनाने का मुहूर्त कल सुबह का ही निकला है, इसलिए हमें आज ही वहाँ जाना होगा, ताकि सुबह समय पर राज्याभिषेक किया जा सके।'

इतना सुनते ही हाथी चलने को तैयार हो गया। आगे-आगे लोमड़ी चलने लगी और पीछे-पीछे हाथी। लोमड़ी हाथी को एक ऐसे रास्ते से ले गई, जहाँ दलदल से होकर जाना पड़ता था। लोमड़ी हल्की होने से दलदल के ऊपर से आराम से निकल गई, लेकिन हाथी ज्यों ही दलदल के ऊपर से जाने लगा, उसके पैर दलदल में धँस गए।

हाथी ने लोमड़ी को आवाज देकर रुकने को कहा। लोमड़ी ने मुड़कर देखा तो हाथी दलदल में फँसा हुआ था और जितनी कोशिश बाहर निकलने की करता, उतना ही दलदल में फँसता जाता। लोमड़ी ने देखा कि उसकी चाल काम कर गई है। वह खुशी-खुशी अपने साथियों को बुलाने चली गई। वापस आने पर देखा कि हाथी दलदल में दब चुका है, यह देखकर लोमड़ी का दल बहुत खुश हुआ और हाथी को खाने के लिए टूट पड़ा। इस तरह हाथी ने बहकावे में आकर अपनी जान गँवा दी। इसलिए कहा गया है कि बिना सोचे-समझे किसी के बहकावे में नहीं आना चाहिए।

□

52

तिल का ताड़

किसी गाँव में एक ब्राह्मण रहता था। वह हमेशा पूजा–पाठ में लगा रहता था। एक दिन वह रोज की तरह पूजा–पाठ में लगा हुआ था, तभी उसे लगा कि उसके मुँह में कुछ है। ब्राह्मण ने जब अंगुली डालकर उसे बाहर निकाला तो देखा कि यह एक चिड़िया का छोटा सा पंख है। ब्राह्मण को चिड़िया के पंख को देखकर बहुत हैरानी हुई। पूजा के बाद जब ब्राह्मण अपने घर गया तो उसने यह हैरानी वाली बात अपनी पत्नी को बताई। साथ में यह बात किसी को नहीं बताने की हिदायत दी।

मुँह में पंख वाली बात सुनकर ब्राह्मण पत्नी काफी हैरान हुई। ब्राह्मण पत्नी से यह बात पचाई नहीं गई। उसने यह बात अपनी एक सहेली को यह कहकर बता दी कि वह यह बात किसी को नहीं बताएगी। ब्राह्मण पत्नी से कहने में या उसकी सहेली के सुनने में फरक रह गया। उसने बहुत से पंख कह दिए या बहुत से पंख सुन लिये। ब्राह्मण पत्नी की सहेली ने यह बात आगे अपनी सहेली को बता दी। दोनों के कहने में या सुनने में फिर फर्क रह गया और उसकी सहेली ने पूरी चिड़िया ही सुन लिया।

शाम तक यह अफवाह गाँव से बाहर तक फैल गई और एक पंख के बजाय कई पंखों में, फिर पूरी चिड़िया में, फिर कई चिड़ियों में बदल गई। शाम को सभी गाँववाले मिलकर यह चमत्कार देखने ब्राह्मण के घर आए और

ब्राह्मण से चमत्कार दिखाने को कहा। ब्राह्मण ने बहुत समझाने की कोशिश की, पर कोई भी मानने को तैयार नहीं हुआ। आखिर में ब्राह्मण ने कहा, 'ठीक है, आप सभी लोग बैठ जाएँ मैं अभी आता हूँ।'

यह कहकर ब्राह्मण पीछे के रास्ते से घर से बाहर चला गया और कई दिन वापस नहीं आया। जब वह वापस आया तो सारी अफवाह ठंडी पड़ गई थी। इसीलिए कहते हैं कि जिस बात को आप छुपाना चाहते हैं, उसे किसी को बताना नहीं चाहिए, चाहे वह कितना ही विश्वासपात्र क्यों न हो।

□

53

खाली हाथ

किसी जंगल में एक शेर रहता था। शेर कई दिनों से भूखा था। जब वह अपनी माँद से शिकार करने निकल रहा था तो उसने देखा कि एक खरगोश उसकी माँद के करीब ही खेल रहा है। शेर जैसे ही उस पर झपटनेवाला था, सामने एक हिरण दिखाई दिया। शेर ने सोचा खरगोश तो बहुत छोटा है, नाश्ता भी पूरा नहीं होगा। हिरण काफी बड़ा है, उसी को मारना चाहिए।

अत: वह खरगोश को छोड़कर हिरण के पीछे दौड़ा। लेकिन हिरण शेर को देखकर बहुत तेज दौड़ने लगा और जल्दी ही शेर की आँखों से ओझल हो गया।

शेर ने हिरण को तेज दौड़ते हुए देखा तो सोचने लगा कि वह अब हिरण को नहीं पकड़ सकेगा। हिरण के आँखों से ओझल होते ही शेर पूरा भोजन पाने की आशा छोड़ बैठा। उसने मन-ही-मन निश्चय किया कि हिरण का पीछा करना अब बेकार है, मुझे खरगोश के पास ही लौट जाना चाहिए। उसको खाने से मेरा कुछ तो पेट भरेगा।

किंतु जब वह वापस अपनी माँद के पास पहुँचा तो वहाँ खरगोश को न पाकर सोच में पड़ गया। मैं तो खरगोश को यहीं छोड़ गया था, फिर कहाँ चला गया ? जरूर यहीं-कहीं छिपा होगा। मैं अभी उसको तलाश करता हूँ।

वह मुझसे बचकर कहाँ जा सकता है? यह सोचकर शेर उस खरगोश को तलाश करने लगा। उसने माँद के अंदर देखा, माँद के बाहर देखा, मगर उसे कहीं भी वह खरगोश नजर नहीं आया। खरगोश तो शेर के वहाँ से जाते ही रफूचक्कर हो गया था। शेर बड़ा हताश हुआ। हिरण और खरगोश दोनों ही उसका भोजन बनने से बच गए थे।

शेर हिरण का ध्यान कर सोचने लगा, 'जब मैंने उसे देखा था तो सोचा था, हिरण खरगोश से बड़ा है, इसलिए उसको खाकर मेरा पेट भर जाएगा। खरगोश तो बहुत छोटा है, उसको खाकर मेरा पेट भी नहीं भर सकता। अतः मैं खरगोश को छोड़कर हिरण का शिकार करने के लिए उसके पीछे दौड़ा। लेकिन दुर्भाग्य कि वह हिरण मेरे हाथ नहीं आया और भाग गया।'

अपने दोनों शिकार हाथ से निकल जाने के कारण शेर बड़ा पछताया और बोला, 'मैंने थोड़ा छोड़कर ज्यादा पाने के लालच में अपना सबकुछ खो दिया। मैं न थोड़ा पा सका, न ज्यादा।'

सचमुच ज्यादा पाने के लालच में थोड़े से भी हाथ धोना पड़ जाता है।

□

54

गड़म

बहुत समय पहले की बात है, एक जंगल में बहुत सारे जानवर रहते थे। जंगल के बीच में एक बहुत बड़ा तालाब था, जहाँ से जानवर पानी पीते थे। इस तालाब के किनारे पपीते का एक बहुत ऊँचा पेड़ था, उस पर बहुत बड़े-बड़े पपीते लगते थे। एक बार कुछ खरगोश पानी पीकर तालाब के किनारे खेल रहे थे, तभी एक पका हुआ बड़ा सा पपीता टूटकर पानी में गिर गया। जिससे बहुत जोर की आवाज आई 'गड़म' करके।

गड़म की आवाज सुनकर खरगोश डर गए और भाग निकले। खरगोशों को भागते देख एक लोमड़ी ने पूछा, 'क्यों भाई, क्या बात है, क्यों भाग रहे हो?'

खरगोश ने कहा कि गड़म आ रहा है भागो। लोमड़ी भी उनके साथ भाग ली। आगे चलकर उनको हाथियों का एक झुंड मिला। एक हाथी ने पूछा, क्यों भाग रहे हो तो उत्तर मिला, गडम आ रहा है भागो। हाथी भी साथ भागने लगे।

धीरे-धीरे 'गड़म आ रहा है' सुनकर बहुत सारे जानवर एक साथ भागने लगे। जानवरों का यह झुंड जब बब्बर शेर की माँद के पास से दौड़ रहा था तो शेर ने पूछा, 'क्यों भाग रहे हो।' उत्तर मिला गड़म आ रहा है भागो। जैसे ही एक शेर भागने को तैयार हुआ, दूसरे शेर ने पूछा, 'तुम क्यों भाग रहे हो, तुम तो जंगल के राजा हो? तुम्हारे पास शक्तिशाली पंजे हैं। तुम जिसे चाहो

गड़म

अपने पंजों से चीर सकते हो। भागने से पहले सच्चाई तो जान लो।'

इस पर शेर ने एक जानवर से पूछा कि तुम्हें किसने कहा कि गड़म आ रहा है। उसने कहा मुझे तो हाथी ने कहा। हाथी से पूछा तो उसने कहा मुझे तो लोमड़ी ने कहा। लोमड़ी ने कहा मुझे तो खरगोश ने कहा था। जब खरगोश से पूछा तो उसने कहा, हम जहाँ पर खेल रहे थे, वहाँ पर गड़म की आवाज आई थी, जिसको सुनकर हम भागे थे।

शेर ने कहा मुझे उस स्थान पर ले चलो। सभी उस स्थान की ओर चल पड़े। जैसे ही सभी जानवर तालाब के किनारे पर पहुँचे, एक बड़ा सा पपीता फिर से टूटकर पानी में गिरा और बहुत जोर से गड़म की आवाज आई। शेर ने कहा, यह तो पानी की आवाज है, जो पपीते के गिरने से हुई। खरगोश ने कहा, 'हम तो यही आवाज सुनकर डर के मारे भागे थे।'

तब शेर ने समझाया कि इसमें डरने की कोई बात नहीं है। यह सब सुनी–सुनाई बात से हुआ है। शेर ने कहा, 'आगे से कभी भी सुनी–सुनाई बात पर विश्वास मत करना।'

□

55

लोभ बना काल

बहुत समय पहले की बात है। किसी गाँव में एक किसान रहता था। गाँव में खेती का काम करके वह अपना और अपने परिवार का पेट पालता था। किसान अपने खेतों में बहुत मेहनत से काम करता था, परंतु इसमें उसे कभी लाभ नहीं होता था। एक दिन दोपहर में धूप से पीड़ित होकर वह अपने खेत के पास एक पेड़ की छाया में आराम कर रहा था। सहसा उसने देखा कि एक सर्प उसके पास ही की बाँबी से निकलकर फन फैलाए बैठा है। किसान आस्तिक और धर्मात्मा प्रवृत्ति का सज्जन व्यक्ति था। उसने विचार किया कि ये नागदेव अवश्य ही मेरे खेत के देवता हैं, मैंने कभी इनकी पूजा नहीं की। लगता है, इसीलिए मुझे खेती से लाभ नहीं मिला, यह सोचकर वह पास जाकर बोला, 'हे क्षेत्ररक्षक नागदेव। मुझे अब तक मालूम नहीं था कि आप यहाँ रहते हैं, इसलिए मैंने कभी आपकी पूजा नहीं की, अब आप मेरी रक्षा करें।'

ऐसा कहकर एक कटोरे में दूध लाकर नागदेवता के लिए रखकर वह घर चला गया। प्रातःकाल खेत में आने पर उसने देखा कि कटोरे में सोने का एक सिक्का रखा है। अब किसान प्रतिदिन नागदेवता को दूध पिलाता और बदले में उसे सोने का एक सिक्का प्राप्त होता। यह क्रम बहुत समय तक चलता रहा। किसान की सामाजिक और आर्थिक हालत बदल गई थी। अब वह धनी हो गया था।

एक दिन किसान को किसी काम से दूसरे गाँव जाना था। अतः उसने नित्यप्रति का यह कार्य अपने बेटे को सौंप दिया। किसान का बेटा लालची और क्रूर स्वभाव का था। वह दूध लेकर गया और सर्प की बाँबी के पास रखकर लौट आया। दूसरे दिन जब वह कटोरा लेने गया तो उसने देखा कि उसमें सोने का एक सिक्का रखा है। उसे देखकर उसके मन में लालच आ गया। उसने सोचा कि इस बाँबी में बहुत से सोने के सिक्के हैं और यह सर्प उनका रक्षक है। यदि मैं इस सर्प को मारकर बाँबी खोदूँ तो मुझे सारे सोने के सिक्के एक साथ मिल जाएँगे। यह सोचकर उसने सर्प पर प्रहार किया, परंतु सर्प बच गया और क्रोधित होकर अपने विषैले दाँतों से उसे काट लिया और लोभ के कारण किसान के बेटे की अकाल मौत हो गई।

□

56

उपाय

किसी वन में बरगद का एक विशाल वृक्ष था। उसकी घनी शाखाओं पर अनेक पक्षी रहा करते थे। उन्हीं में से एक शाखा पर एक काक दंपती रहता था और वृक्ष के खोखले में एक काला साँप रहता था। जब भी मादा कौआ अंडे देती तो वह उन्हें खा जाया करता था। कौए के अंडों को खा जाना, उस दुष्ट सर्प का स्वभाव बन गया था। काक दंपती उसके इस आचरण से बहुत दुःखी रहता था, परंतु उन्हें इसका कोई उपाय नहीं सूझता था।

एक दिन वे दोनों अपने मित्र सियार के पास गए और उससे अपना दुःख कहते हुए रो पड़े। उनके करुण वृत्तांत को सुनकर सियार भी बहुत दुःखी हुआ और बोला, 'मित्र, चिंता करने से कुछ नहीं होगा। हम उस दुष्ट सर्प को शारीरिक बल से तो नहीं जीत सकते, क्योंकि उसके विषदंत का एक ही प्रहार हमें यमलोक का राही बना देगा। परंतु किसी युक्ति से काम बन सकता है। मैं तुम्हें ऐसा उपाय बताऊँगा, जिससे तुम्हारा शत्रु अवश्य ही मारा जाएगा।'

इस पर काक ने कहा, 'हे मित्र। शीघ्र वह उपाय बताओ, क्योंकि वह दुष्ट सर्प मेरी वंश-परंपरा का ही लोप करने पर तुला हुआ है।'

सियार ने कहा, 'तुम किसी राजा की राजधानी में चले जाओ, वहाँ किसी धनी व्यक्ति, राजा अथवा मंत्री की सोने की लड़ी या हार लाकर उस दुष्ट सर्प

के खोखले में डाल दो। उस हार को खोजते हुए राजसेवक आकर काले साँप को मार डालेंगे और हार भी ले जाएँगे। इस प्रकार तुम्हारा वैरी मारा जाएगा।'

यह सुनकर काक दंपती नगर की ओर उड़े, वहाँ राजसरोवर में अंत:पुर की स्त्रियाँ जलक्रीड़ा कर रही थीं। उनके आभूषण किनारे रखे हुए थे और राजसेवक उनकी निगरानी कर रहे थे। राजपुरुषों को असावधान देखकर कौए ने एक झपट्टे में ही रानी का हार उठाया और अपने घोंसले की तरफ उड़ गया। कौए को हार ले जाते देख राजपुरुष भी शोर मचाते हुए उसके पीछे-पीछे दौड़ पड़े, परंतु आकाशमार्ग से जाते हुए वे उसे कैसे पकड़ सकते थे?

कौए ने हार ले जाकर साँप के खोखले में डाल दिया और स्वयं दूर एक पेड़ पर बैठ गया। राजपुरुषों ने उसे हार को खोखले में डालते देख लिया था। जब वे वहाँ पहुँचे तो उन्होंने फन फैलाए एक काले साँप को देखा। फिर क्या था, डंडों के प्रहार से राजपुरुषों ने उस काले सर्प को मार डाला और हार लेकर चले गए।

काक दंपती ने सियार को उसकी बुद्धि चातुर्य के लिए धन्यवाद दिया और फिर वे निश्चिंत हो आनंदपूर्वक रहने लगे। इसीलिए कहा गया है, बलवान को उपाय से ही जीतना चाहिए।

□

57

जैसे को तैसा

एक जंगल में बहुत सारे पशु-पक्षी रहते थे। एक बार एक कुत्ते और एक मुरगे के बीच प्रेम बढ़ गया। दोनों एक-दूसरे की सहायता करते रहते थे। एक दिन दोनों साथ मिलकर जंगल के बीच घूमने गए। घूमते-घूमते रात हो गई। रात बिताने के लिए मुरगा एक वृक्ष की शाखा पर चढ़ गया और कुत्ता उसी वृक्ष के नीचे लेट गया।

धीरे-धीरे भोर होने को आई। मुरगे का स्वभाव है कि वह भोर के समय बाँग देता है। मुरगे की बाँग देने की आवाज सुनकर एक सियार ने मन-ही-मन सोचा कि आज कोई-न-कोई उपाय करके इस मुरगे को मारकर खा जाऊँगा। ऐसा निश्चय करके धूर्त सियार वृक्ष के पास जाकर मुरगे को संबोधित करते हुए बोला, 'भाई तुम कितने भले हो, तुम्हारी आवाज कितनी मीठी है, सबका कितना उपकार करते हो। मैं तुम्हारी आवाज सुनकर बहुत प्रसन्न होकर आया हूँ। वृक्ष से नीचे उतर आओ, हम दोनों मिलकर थोड़ा खेलेंगे।'

मुरगे को सियार की चालाकी समझ में आ गई। सियार की चालाकी को समझकर मुरगे ने उसकी धूर्तता का मजा चखाने की सोची और कहा, 'भाई सियार, तुम वृक्ष के नीचे आकर थोड़ी देर प्रतीक्षा करो, मैं उतर रहा हूँ।'

यह सुनकर सियार ने सोचा, मेरा उपाय काम कर गया है। वह आनंदपूर्वक उस पेड़ के नीचे आ गया, वहाँ कुत्ता पहले ही उसके इंतजार में बैठा था।

जैसे ही सियार वृक्ष के नीचे आया, कुत्ते ने उस पर आक्रमण कर दिया और अपने पंजे और दाँतों से प्रहार करके उसे मार डाला। सच कहा है, जो दूसरों के लिए गड्ढा खोदता है, स्वयं ही गड्ढे में गिर जाता है।

□

58

बुजुर्गों की सीख

बहुत समय पहले की बात है। एक गाँव में देवदत्त नाम का आदमी रहता था। उसका एक बेटा था, जिसका नाम पानदेव था। पानदेव को देवदत्त ने बड़े लाड़-प्यार से पाला-पोसा और उसको ऊँची तालीम दिलाई, ताकि पढ़-लिखकर वह बड़ा आदमी बने और बुढ़ापे में उसका सहारा बने।

पानदेव पढ़-लिखकर बड़ा आदमी बन गया और उसे शहर में एक अच्छी नौकरी मिल गई। कुछ समय बाद पानदेव की शादी हो गई। शादी के बाद कुछ ही दिनों में पानदेव ने शहर में एक कमरा किराए पर ले लिया और अपनी पत्नी को साथ लेकर शहर में ही रहने लगा। कुछ समय बाद उसके घर में बेटे ने जन्म लिया। समय धीरे-धीरे आगे बढ़ता गया। पानदेव ने बेटे का नाम शोमदेव रखा। शोमदेव समय के साथ बड़ा होता गया। स्कूल की पढ़ाई चालू हो गई। उधर पानदेव के माँ-बाप भी गाँव में रहते हुए बूढ़े हो गए थे। पानदेव ने कभी भी उनके बारे में नहीं सोचा कि उनको भी साथ रख ले। उसने उन्हें बेकार समझकर गाँव ही में छोड़ दिया था।

शोमदेव अब बड़ा हो गया था। उसके स्कूल में कुछ यार-दोस्त भी बन गए। शिवलाल उसका अच्छा दोस्त था और दोनों एक-दूसरे के घर आया-जाया करते थे। एक दिन उनका परीक्षा परिणाम आनेवाला था। दोनों दोस्त स्कूल गए। परीक्षा परिणाम देखा तो शोमदेव के अंग्रेजी में नंबर कम थे,

उसके दोस्त शिवलाल अच्छे नंबरों से पास हुआ था।

दोनों दोस्त मिलकर शोमदेव के घर आ गए। शोमदेव के पिता पानदेव ने परीक्षा परिणाम के बारे में पूछा तो शोमदेव ने बताया कि मेरे अंग्रेजी में कम अंक आए हैं और शिवलाल अच्छे अंकों से पास हुआ है। पानदेव ने शिवलाल की तरफ देखा तो शिवलाल बोल पड़ा, 'तायाजी, यह सब मेरे दादाजी, दादीजी के आशीर्वाद का फल है। मेरे दादाजी मुझे रात-दिन पढ़ाते हैं और अच्छी-अच्छी बातें बताते हैं। दादाजी ने मुझे कई किसम के खेल भी सिखाए हैं। उनके अनुभव ही मेरे काम आ रहे हैं और आगे भी आते रहेंगे।'

शिवलाल से अपने दादा-दादी की प्रशंसा सुनकर पानदेव को भी अपने माँ-बाप की याद आ गई। वह सोचने लगा कि मैंने तो कभी अपने माँ-बाप के अनुभवों का लाभ उठाने के बारे में सोचा ही नहीं था। पुराने लोगों के अनुभव आदमी को सफलता की सीढ़ियाँ पार कराने में सहायक हो सकते हैं। यह सोचते ही पानदेव के मन में आया कि वह कल ही जाकर अपने माँ-बाप को शहर अपने पास ले आएगा। उसने अपने बेटे से कहा, 'बेटा, अब तुम भी अच्छे अंकों से पास हुआ करोगे। मैं कल ही जाकर तुम्हारे दादा-दादीजी को यहाँ अपने साथ ले आऊँगा। वे हमारे साथ ही शहर में रहेंगे।'

यह सुनते ही शोमदेव के चेहरे पर मुसकराहट आ गई। वह सोचने लगा कि अब मैं भी शिवलाल की तरह अपने दादा-दादीजी के अनुभवों का फायदा ले सकूँगा। जिंदगी में सफलता की सीढ़ियों को आसानी से पार कर सकूँगा। अगले ही दिन पानदेव गाँव गया और अपने माता-पिताजी को साथ लेकर शहर आ गया। बुजर्गों के पास अनुभवों का ऐसा अनमोल खजाना होता है, जिसका लाभ उठाकर उनके परिवार के लोग अपने जीवन को सुखी, सुसंस्कृत और संपन्न बना सकते हैं। इसलिए हमेशा बुजुर्गों का आदर-सत्कार करना चाहिए और उनका आशीर्वाद लेना चाहिए।

□

59

गुफा बोली

किसी वन में एक शेर रहता था। एक दिन उसे बड़ी जोर की भूख लगी। वह शिकार की खोज में दिनभर इधर-उधर भटकता रहा, पर उस दिन उसे कुछ नहीं मिला। शाम को उसे एक बहुत बड़ी गुफा दिखाई दी। वह उस गुफा में घुस गया, पर उसे वहाँ कुछ नहीं मिला। उसने सोचा कि यह माँद जरूर किसी जानवर ने बनाई है। वह रात को यहाँ जरूर आएगा।

शेर वहीं छिपकर बैठ गया, ताकि माँदवाले जानवर के आने पर खाने का इंतजाम हो सके। कुछ समय बाद एक लोमड़ और लोमड़ी वहाँ आए। लोमड़ी चालाक तो होती ही है। उसने देखा कि किसी जानवर के पैरों के निशान माँद की तरफ गए हैं, पर वापसी के निशान नहीं हैं। वह सोचने लगी कि इस माँद में जरूर कोई है, अब मैं क्या करूँ? कैसे पता लगाऊँ कि माँद में कौन है?

कुछ सोचने के बाद उसे एक उपाय सूझा। उसने माँद को पुकारना आरंभ किया। वह कहने लगी, 'ओ माँद, ओ माँद।' फिर थोड़ी देर रुककर बोली, 'ए माँद क्या तुम्हें याद नहीं है, हम लोगों में तय हुआ था कि जब भी मैं यहाँ आऊँ, तुम मुझे आदरपूर्वक बुलाओगी। पर यदि अब तुम मुझे नहीं बुलाती हो तो मैं दूसरी माँद में जा रही हूँ।'

यह सुनकर शेर सोचने लगा, 'ऐसा लगता है कि यह गुफा इस लोमड़ी को बुलाया करती थी, पर आज मेरे डर से नहीं बोल रही है। इसलिए मैं इसे

प्रेम से बुला लूँ और जब आ जाए तब इसे पकड़कर खा जाऊँ।'

यह सोचकर शेर ने जोर से पुकारा। शेर की आवाज से माँद गूँज उठी और वन के सभी जीव डर गए। लोमड़ी को भी पता चल गया कि माँद में शेर बैठा है। लोमड़ी भी लोमड़ को साथ लेकर दूर भाग गई और कहने लगी कि जो सावधान होकर विचारपूर्वक काम करता है, वह शोभा पाता है। जो बिना विचारे कोई काम करता है, उसे बाद में पछताना पड़ता है।

□

60

शेर को सवा सेर

एक गाँव के नजदीक एक घना जंगल था। उस घने जंगल में एक शेर रहता था। शेर रोज गाँव में जाकर गाँववालों की बकरियाँ, मुरगी आदि को मारकर खा जाता था। शेर के इस काम से गाँववाले बहुत परेशान थे।

शेर से छुटकारा पाने के लिए गाँववालों ने एक पिंजरा बनवाया और उस पिंजरे को जहाँ से शेर आता था, उस रास्ते में रख दिया। एक रात जब शेर अँधेरे में गाँव की तरफ जा रहा था तो गलती से पिंजरे के अंदर चला गया। शेर के भार से पिंजरे का दरवाजा अपने आप बंद हो गाया। शेर बहुत चिल्लाया, पर वहाँ उसकी सुननेवाला कोई नहीं था।

काफी देर बाद एक ब्राह्मण वहाँ से गुजरा। वह पड़ोस के गाँव में पूजा करने जा रहा था। रास्ते में शेर को देखकर डर गया। जैसे ही वह वापस होने लगा, शेर ने बहुत मासूमियत से गिड़गिड़ाते हुए ब्राह्मण से विनती की, 'मैं काफी देर से इस पिंजरे में बंद हूँ, कृपा करके मुझे बाहर निकाल दीजिए, मैं आपका एहसान मंद रहूँगा।'

ब्राह्मण को शेर पर दया आ गई। उसने पिंजरे का दरवाजा खोल दिया। शेर बाहर आते ही ब्राह्मण पर झपट पड़ा। शेर ने कहा, 'मैं तुझे खा जाऊँगा।'

ब्राह्मण शेर के आगे गिड़गिड़ाने लगा तो ऊपर पेड़ पर बैठा एक बंदर बोला, 'ब्राह्मणदेव, क्या बात है।'

इस पर ब्राह्मण ने बंदर को सारी बात बता दी। बंदर ने कहा, 'ब्राह्मणदेव, क्या बात करते हो! भला जंगल का राजा शेर इतना ताकतवर होते हुए इस चूहे के पिंजरे में कैसे आ सकता है।'

शेर को अपनी बेइज्जती होती दिखी तो वह बोला, 'यह ठीक बोल रहा है। मैं काफी देर से इस पिंजरे में बंद था। अगर यकीन नहीं होता तो मैं फिर से पिंजरे में जाकर दिखा देता हूँ।'

बंदर ने कहा, 'पिंजरे में घुसकर तो दिखाओ, मैं भी देखता हूँ, इस छोटे से पिंजरे में आप कैसे आते हैं।'

जैसे ही शेर दुबारा पिंजरे में गया, पिंजरे का दरवाजा उसके भार से फिर बंद हो गया। बंदर ने ब्राह्मण से कहा, 'ब्राह्मणदेव, अपनी जान बचाइए और भाग लीजिए।'

ब्राह्मण ने बंदर का धन्यवाद किया और वहाँ से भाग गया। बंदर ने अपनी चतुराई से एक जान बचा ली।

□

61

दुष्टों से दूरी

एक बार एक बाघ के गले में हड्डी अटक गई। बाघ ने उसे निकलने की बड़ी चेष्टा की, पर सफलता नहीं मिली। पीड़ा से परेशान होकर वह इधर-उधर दौड़-भाग करने लगा। किसी भी जानवर को सामने देखते ही वह कहता, 'भाई, अगर तुम मेरे गले से फँसी हड्डी बाहर निकाल दोगे तो मैं तुम्हें इनाम दूँगा और आजीवन तुम्हारा ऋणी रहूँगा।' परंतु कोई भी जीव भय के कारण उसकी सहायता को राजी नहीं हुआ।

इनाम के लोभ में आखिर एक बगुला तैयार हो गया। उसने बाघ के मुँह में अपनी लंबी चोंच डालकर अथक प्रयास के बाद उस हड्डी को बाहर निकाल दिया। बाघ को बड़ी राहत मिली। बगुले

ने जब अपना इनाम माँगा तो बाघ आग-बबूला होकर दाँत पीसते हुए बोला, 'अरे मूर्ख, तूने बाघ के मुँह में अपनी चोंच डाल दी थी, उसे तू सुरक्षित रूप से बाहर निकाल सका, इसे अपना भाग्य न मानकर ऊपर से इनाम माँग रहा है ? अगर तुझे अपनी जान प्यारी है तो मेरे सामने से दूर हो जा, नहीं तो अभी तेरी गरदन मरोड़ दूँगा।'

यह सुनकर बगुला स्तब्ध रह गया और तत्काल वहाँ से चला गया। इसीलिए कहते हैं कि दुष्टों के साथ ज्यादा मेल-जोल अच्छा नहीं।

□

62

संगठन

एक जंगल में इमली का एक विशाल पेड़ था। इमली के पेड़ पर गौरैया पक्षियों का एक जोड़ा रहता था। गौरैया के घोंसले में छोटे-छोटे चार अंडे थे। अंडों में से अभी बच्चे निकल भी नहीं पाए थे कि एक दिन एक मतवाले हाथी ने पेड़ की शाखाओं को तोड़ डाला, जिस पर गौरैया पक्षियों का घोंसला था। पक्षी खुद तो बच गए, पर सारे अंडे फूट गए।

माँ गौरैया दुःख से रोने लगी। उसे किसी प्रकार से शांति नहीं मिली। गौरैया का एक मित्र था कठफोड़वा। गौरैया को रोते देख कठफोड़वा उसके नजदीक आकर उसे तसल्ली देने लगा। गौरैया ने कहा, 'उस दुष्ट ने हमारे घोंसले को तोड़ दिया और सारे अंडों को फोड़ डाला। उसे दंड दिए बिना मेरे मन को शांति नहीं मिलेगी।'

कठफोड़वा ने कहा, 'हम उस हाथी के सामने बहुत छोटे हैं, परंतु संगठन में बड़ी ताकत होती है। हम लोग मिलकर प्रयास करके उससे बदला ले सकते हैं। मेरी एक सहेली है मधुमक्खी, मैं उससे भी सहायता करने को कहूँगा।'

गौरैया को आश्वासन देकर कठफोड़वा मधुमक्खी के पास गया। उसने गौरैया की सारी कहानी उसे सुना दी। सुनकर मधुमक्खी भी सहायता के लिए तैयार हो गई। मधुमक्खी ने कहा, 'पहले मेरे मित्र मेढक के पास चलना होगा, वह काफी बुद्धिमान है। उसकी योजना से हम हाथी को जरूर कोई दंड दे सकते हैं।'

दोनों मेढक के पास गए।

कठफोड़वा और मधुमक्खी ने मेढक को गौरैया की सारी कहानी बताई तो उसने कहा, 'संगठन के समक्ष वह हाथी क्या चीज है। इसके लिए आप सब मेरी योजना के अनुसार काम करें।'

मेढक ने अपनी योजना बताते हुए कहा, 'कल दोपहर मधुमक्खी हाथी के कान के पास जाकर वीणा जैसी मधुर धुन में गाएगी, जिसे सुनकर हाथी मुग्ध हो जाएगा और अपनी आँखें बंद कर लेगा। ठीक उसी समय कठफोड़वा हाथी की दोनों आँखों को अपनी तेज चोंच से फोड़ देगा। अंधा हाथी जब प्यास से व्याकुल होगा तो मैं एक बड़े गड्ढे के पास से अपने परिवार के साथ टर्र-टर्र की आवाज करूँगा, जिससे उसको जल का भ्रम होगा और वह उसी ओर भागेगा और गड्ढे में गिर जाएगा।'

इस प्रकार अगले दिन योजनाबद्ध ढंग से हाथी को अंधा करके गड्ढे में गिरा दिया गया और वह भूख-प्यास से तड़पकर वहीं मर गया।

संगठन में बड़ी ताकत होती है। संगठन के साथ काम करने पर असंभव काम भी संभव हो जाता है।

□

63

संगति का सुफल

बहुत दिनों पहले की बात है, उज्जयिनी के पास पीपल के एक विशाल वृक्ष पर एक कौवा और एक हंस पड़ोसी की तरह रहा करते थे। थे तो वे पड़ोसी, परंतु दोनों की प्रकृति में बहुत अंतर था। कौवा कुटिल था, हंस साधु था।

एक दिन दोपहर को, जब सूर्य अपनी तीव्र गरम किरणों की अग्निवर्षा कर रहा था, एक शिकारी थका-माँदा, धूप से व्याकुल आया और उस पीपल के वृक्ष के नीचे लेट गया। पीपल के पत्तों के बीच में से घूप छनकर शिकारी के मुँह में पड़ रही थी, इससे वह और हलकान हो रहा था। हंस के मन में दया आई और उसने पीपल के पत्तों के बीच में से अपने डैने फैला दिए, ताकि शिकारी के मुख को कुछ छाया मिल सके।

कौवा हंस के इस सज्जनतापूर्वक कार्य को देख जल-भुन गया। वह नीचे गया और शिकारी के मुँह पर बीट कर तेजी से उड़ गया।

मुख पर बीट पड़ने से शिकारी की नींद उड़ गई। उसने ऊपर देखा कि हंस डाल पर बैठा है। शिकारी को भान हुआ कि हो न हो इसी ने बीट की है। बस उसने धनुष बाण उठाया, निशाना लगाया और हंस को मार गिराया।

जो लोग दुष्टों की संगत में रहते हैं, वे हमेशा उस हंस की तरह दुःख भोगते हैं।

साँप और चीटियाँ

एक साँप को घमंड हो गया था कि सब जानवर उससे डरते हैं और वह कहीं भी आ–जा सकता है। एक बार उसने अपने बिल को छोड़कर एक पतले से बिल से, जो चींटियों की बाँबी थी, की तरफ से निकलने की कोशिश की। सोचा चींटियाँ तो बहुत छोटी हैं, वे उसको कोई नुकसान नहीं पहुँचा सकती हैं।

रास्ता पतला और उबड़–खाबड़ था, जिसमें घुसने से साँप फँस गया और उसका शरीर जगह–जगह से लहूलुहान हो गया। चींटियाँ उस साँप को चाट–चाटकर खा गईं और साँप उनका कुछ नहीं कर पाया। इसीलिए कहते हैं कि कभी किसी को तुच्छ नहीं समझो और दुश्मन के खेमे में बिना सोचे-समझे मत जाओ।

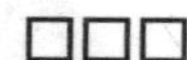